WINNIE ILLE PU SEMPER LUDET

ALSO AVAILABLE

Winnie Ille Pu

A Latin version of *Winnie-the-Pooh*,
translated by Alexander Lenard

WINNIE ILLE PU

SEMPER LUDET

A. A. Milnei

Librum exornavit
Ernest H. Shepard

Liber alter de Urso Puo de anglico sermone in
Latinum conversus auctore
Briano Staplesio

Novi Eboraci: Sumptibus Duttonis
MCMXCVIII

TRANSLATOR'S NOTE: The translator is much indebted to Dr. Eric Pratt, of Westminster School, for his corrections and unfailing help and advice.

Loidi Soniaeque

Latin translation copyright © 1980
by Methuen Children's Books
The House At Pooh Corner, illustrations and text in English,
copyright © 1928
by E. P. Dutton & Co., Inc.;
copyright renewal 1956 by A. A. Milne
Published by permission of the Trustees of the Pooh Properties

CIP Data is available.

Published in the United States by Dutton Children's Books, a division of Penguin Putnam Books for Young Readers 375 Hudson Street, New York, New York 10014

First published in Great Britain 1980 by Methuen Children's Books, an imprint of Reed Books Ltd., London

Printed in U.S.A.
First American Edition
ISBN 0-525-46091-8
1 3 5 7 9 10 8 6 4 2

Dedicatio

Christophoro dato, redanimasti Pum Ursum;
Tota proles calami tibi reddenda revenit.
Liber tandem parens matrem salutat optatam –
Dono tibi darem, sed dono a te recepi.

Contradictio

Introductione ostentat scriptor personas lectori; Christophorus autem Robinus et amici iam vobis ostentati nunc valete sunt dicturi. Itaque hanc partem libri contrarie vocavi. Pu rogatus quid esset contrarium introductionis dixit: 'Quid est cuius quid?' responsum minus utile quam sperabamus. Fortunate Bubo, minime perturbatus, nobis dixit Introductionis contrarium, Pu carissime, esse Contradictionem, et Bubone verbis longis scientissimo, pro certo habeo ita esse.

Causa Contradictionis scribendae est quia abhinc septem fere dies Christophorus Robinus mihi dixit 'Num oblitus es fabulae quam narraturus eras de eo quod Puo accidit cum –?' Forte celerrime dixi 'Num novies centum et septem oblitus es?' Hoc computato actum est de vaccis per portam duabus pro sexagesima horae parte transeuntibus; sunt in agro trecentae; quot post sesquihoram supererunt? Talia nos valde commovent, et cum satis commoti simus, convoluti obdormimus ... et Pu, in cathedra iuxta culcitam nostram paulisper iam vigilans, secum sublime de nihilo meditatur donec ille quoque oculis clausis nutans suspenso gradu nos in Silvam sequitur, ubi semper facinora fascinantia obimus, mirabiliora omnibus quae vobis narravi; mane autem cum experrecti sumus evanescunt antequam prehendamus. Recentissimum quomodo incepit? 'Die quodam dum Pu per Silvam ambulat centum et septem vaccae super portam sedebant...' Videtis nos id amisisse. Censeo id optimum fuisse. Hic sequuntur aliquae ex aliis, omnia quae quidem recordabimur. Non tamen re vera valete dicimus, quia Silvam semper persistentem quilibet Ursis benevolus invenire poterit.

A.A.M.

Capita

I

¶ Quo in capite domus Iori apud
Angulum Puensem aedificatur

DIE QUODAM, CUM Urso Puo nihil aliud
agendum esset, decrevit aliquid agere, Porcelli
domum igitur abiit, quid ageret Porcellus
speculatum. Iam ningebat dum sedato gressu semitam
silvanam albentem secutus est, et sperabat se Porcellum inventurum esse digitos ante ignem calefacientem.
Miratus autem est quod ostium patens vidit, et quo
plus introspexit, eo plus aberat Porcellus.

'Abest,' dixit Pu tristis. 'Haec summa est. Non
adest. Oportebit me solum Meditatum celeriter
spatiari. Malum!'

Imprimis decrevit fortissime pulsare, ut *certissimus*
fieret. Dum exspectat dum Porcellus non responderet,
subsultabat ut se calefaceret, et susurrus ei in caput
repente venit. Bonus susurrus visus est, aliis speranter
susurrandus.

Quo plus ningit
(Tiddely pum),
Eo plus cadit nivis
(Tiddely pum),
Et frigorem digitorum
(Tiddely pum),

[11]

Ignorat quivis
(Tiddely pum).

'Quod igitur faciam,' dixit Pu, 'est hoc faciam: imprimis domum ibo, quota sit hora speculatum, et fasciam cervici fortasse circumdabo, et ad Iorem visendum ibo, illud ei cantatum.'

Domum festinavit. Cerebrum obiter adeo occupatum est in susurro Iori parando, ut cum Porcellum in optima cathedra vidisset, nihil posset nisi caput fricans stare, scire avens cuius domi esset.

'Salve, Porcelle,' dixit, 'te absentem credebam.'

'Minime,' dixit Porcellus. 'Tu eras qui aberas, Pu.'

'Veritatem dixisti,' dixit Pu. 'Pro certo habebam alterum nostrum abfuisse.'

Suspexit horologium, quod per hebdomades nonnullas paene undecima hora steterat.

'Paene undecima hora,' dixit Pu felix. 'In tempore

opportuno buccellae es.' Et caput in armarium intromisit. 'Deinde, Porcelle, abibimus, carmen meum Iori cantatum.'

'Quid carmen, Pu?'

'Id quod Iori cantaturi sumus,' explicavit Pu.

Horologium eadem hora stabat cum Pu et Porcellus post semihoram profecti sunt. Ventus remiserat, et nix, defessa seipsam ad adsequendam volitando, leviter descendit donec inveniret locum quo iaceret. Interdum locus fuit Pui nasum, interdum non fuit; et paulo post gerebat Porcellus circum cervicem quasi fasciam albam, sentiens se nivosiorem post aures quam unquam antea.

'Pu,' dixit tandem, verecundior, ne Pu se Cessurum crederet, 'scire aveo quid sentias, si domum nunc eamus, carmen tuum *meditatum*, Iori cras cantatum, sive perendie, cum eum viderimus?'

'Consilium optimum est, Porcelle,' dixit Pu. 'Iam euntes meditemur; nihil autem prodest domum meditatum ire, quia est Carmen peculiare Forinsecum Nive Canendum.'

'Tibine persuasum est?' rogavit Porcellus timidus.

'Auscultando intelleges, Porcelle. Ita enim incipit: *Quo plus ningit, tiddely pum* –'

'Tiddely quid?' dixit Porcellus.

'Pum,' dixit Pu. 'Hoc interposui, quo susurrabilius facerem. *Eo plus cadit nivis, tiddely pum* –'

'Nonne ningit dixisti?'

'Dixi, sed *antea*.'

'Ante tiddely pum?'

'Fuit *aliud* tiddely pum,' dixit Pu, nunc satis confusus. 'Id tibi recte cantabo, ut intellegas.'

Denuo igitur cantavit.

> Quo plus
> NINGIT – tiddely pum,
> Eo plus cadit
> NIVIS – tiddely pum,
> Et frigorem
> DIGITORUM – tiddely pum,
> Ignorat
> QUIVIS – tiddely pum.

Ita cantavit, modo sane optimo; quo facto, exspectabat dum Porcellus diceret, ex omnibus Susurris Forinsecis Tempestati Nivosae quos audivisset, hunc optimum esse. Re diligenter considerata, dixit Porcellus solemnis:

'Pu, de *digitis* minus agitur quam de *auribus*.'

Illo tempore ad Locum Lugubrem Ioris, in quo habitabat, appropinquabant, et quia iam perfrigidum erat, carmen Pui sexiens percantabant ut se calefacerent. Porcellus tiddely-pum, Pu cetera canebat, et ambo summam portam baculis numerose pulsabant. Paulo postea valde calentes denuo loqui poterant.

'Meditatus sum,' dixit Pu, 'et hoc meditatus sum: de Iore.'

'Quid de Iore?'

'Iori misero ubi habitet non est.'

'Neque est,' dixit Porcellus.

'Tibi est domus, Porcelle, et mihi est domus, et sunt domus optimae, et Christophoro Robino est domus, et Buboni et Cangae et Lepori sunt domus, et Leporis quidem amicis cognatisque sunt domus cuiusdam generis, sed Iori misero est nihil, Cogitavi igitur: domum aedificemus.'

'Consilium,' dixit Porcellus, 'Magnificum est. Ubi eam aedificabimus?'

'Eam hic aedificabimus,' dixit Pu, 'prope ad silvam, a vento tutam, quia hic consilium cepi. Et locum vocabimus Angulum Puensem. Et Domum Iorensem apud Angulum Puensem Iori baculis aedificabimus.'

'Erat cumulus baculorum ultra silvam,' dixit Porcellus. 'Eos vidi permultos cumulatos.'

'Gratias tibi ago, Porcelle,' dixit Pu. 'Id quod dixisti nobis Auxilio Magno erit, et propterea locum Angulum Puoporcellensem vocare poteram, nisi Angulus

Puensis melior videretur, quod videtur, quoniam minor est et anguli similior. Veni mecum.'

Itaque de porta descenderunt et ultra silvam baculos adportatum abierunt.

.   .   .   .   .

Christophorus Robinus mane intus manserat, ad Africam retroque navigans. Recente e nave egressus est, et scire volebat qualis tempestas foris esset, cum Ior ostium pulsavit.

'Salve, Ior,' dixit Christophorus Robinus, ostium eventurus aperiens. 'Ut vales tu?'

'Iam ningit,' dixit Ior maestus.

'Ita vero.'

'*Atque* gelat.'

'Vero?'

'Vero,' dixit Ior. 'At,' dixit paene laetus, 'terrae motus desiisse videntur.'

'Quid tibi est, Ior?'

'Nihil, Christophore Robine. Nihil momenti. Num domum qualemcumque ubivis vidisti?'

[17]

'Domum qualem?'

'Domum modo.'

'Quis ibi habitat?'

'Ego. Saltem credebam me ibi habitare; sed dubito num habitem. Omnibus domus esse impossibile est.'

'Sed, Ior, nescivi – credebam –'

'Nescio quomodo eveniat, Christophore Robine, sed propter nivem et huiusmodi varia, stiriis similibusque praetermissis, in agro meo tertia fere hora noctis minus calet quam credunt nonnulli. Non est Crassum, si comprehendis – non adeo ut molestum

sit. Non suffocat. Reapse, Christophore Robine,' susurro claro adiecit, 'solum-inter-nos-sine-ulli dicere, Friget.'

'O, Ior!'

'Et mecum dixi: alios miserebit si perfrigesco. Eis non est cerebrum, ullis, nisi lana cana, in caput forte inflata, et non Cogitant, sed si post fere sex hebdomades iam ninget, unus ex eis secum dicere incipiet "Iori tertia fere hora noctis certe nimis non Calet." Et Fama vagabitur. Et eos Miserebit.'

'O, Ior!' dixit Christophorus Robinus, iam valde miseritus.

'De te non loquor, Christophore Robine. Tu alius es. Haec igitur summa est. Domum mihi prope ad parvam silvam aedificavi.'

'Itan'? Rem mirabilem!'

'Quod reapse est mirabile,' dixit Ior voce maestissima, 'est hoc. Mane cum evenirem, domus aderat, et cum revenissem, aberat. Nihil momenti, minime mirum, modo domus Ioris erat. At scire avebam.'

Christophorus Robinus tempus scire avendo non trivit. Domum iam redierat, et petasum, caligasque et tunicam aquam resistentes quam celerrime induebat.

'Eam quaesitum statim ibimus,' Iori clamavit.

'Nonnunquam,' dixit Ior, 'domo alicuius omnino ablata, supersunt frusta nonnulla invita quae possessori reddere convenit, si comprehendis, et si abierimus –'

'Veni,' dixit Christophorus Robinus, et festinantes abierunt, et perpaulo post pervenerunt ad angulum agri iuxta parvam silvam pineam, ubi domus Ioris non iam erat.

'Ecce!' dixit Ior. 'Non superest baculus! Scilicet, mihi manet tanta nix qua arbitratu meo utar. Querendum non est.'

Sed Christophorus Robinus non Iorem auscultabat sed aliud quoddam.

'Nonne audis?' rogavit.

'Quid est? Aliquem ridentem?'

'Ausculta.'

Auscultaverunt ambo, et audiverunt vocem gravem asperamque canentem quo plus ningeret, eo plus cadere nivem, et vocem tenuem altamque tiddely-pum interdum adiungentem.

'Est Pu,' dixit Christophorus Robinus commotus.

'Fieri potest,' dixit Ior.

'*Atque* Porcellus!' dixit Christophorus Robinus commotus.

'Verisimile,' dixit Ior. 'Opus vero est cane venatico exercitato.'

[20]

Subito verba carminis mutata sunt.

'*En domus CONFECTA!*' cantabat vox aspera.

'*Tiddely pum!*' cantabat tenuis.

'*En domus FORMOSA...*'

'*Tiddely pum*'

'*Velim MEAM esse!*'

'*Tiddely pum.*'

'Pu!' magna voce clamavit Christophorus Robinus.

Cantores super porta sedentes repente desierunt.

'Christophore Robine!' dixit Pu alacriter.

'Est iuxta locum unde baculos abstulimus,' dixit Porcellus.

'Veni,' dixit Pu.

De porta descenderunt atque angulum silvae festinantes transierunt. Pu obiter salutationes grunniebat.

'Ecce, hic Ior est,' dixit Pu, Christophorum Robinum amplectatus, et Porcellum fodicavit, et Porcellus eum fodicavit, secum putantes quale paravissent improvisum. 'Salve, Ior.'

'Idem tibi, Urse Pu, et bis diebus Iovis,' dixit Ior tristis.

Antequam diceret Pu 'Cur diebus Iovis?' Christophorus Robinus fabulam tristem de domo Ioris amissa explicare incepit, Puo et Porcello auscultantibus, dum oculi magis magisque amplificari videbantur.

'*Ubinam* eam fuisse dixisti?' rogavit Pu.

'Hic,' dixit Ior.

'Baculis aedificatam?'

'Ita.'

'Ah!' dixit Porcellus.

'Quid?' dixit Ior.

'Ah! modo dixi,' dixit Porcellus pavidus, et ut quietus videretur, tiddely-pum semel et iterum susurravit, ut qui diceret 'Quid nunc agendum?'

'Eamne pro *certo* habes domum fuisse?' dixit Pu. 'Reapse, domum hicce fuisse?'

'Habeo scilicet,' dixit Ior. Et secum dixit, 'Aliquibus cerebrum omnino deest.'

'Age, dic, quid tibi est, Pu?' rogavit Christophorus Robinus.

'Res haec est,' dixit Pu ... 'Haec summa est,' dixit Pu ... 'Ita vero est,' dixit Pu, et ei manifestum erat se non bene explicare. Porcellum iterum fodicavit.

'Res ita se habet,' dixit Porcellus celeriter ... 'sed calidiorem,' profunde meditatus subiunxit.

[23]

'Quae res calidior est?'

'Ulterior pars silvae, ubi Ioris domus est.'

'Domus *mea*? Domus mea hicce erat.'

'Minime,' dixit Porcellus firmiter. 'Est in ulteriore parte silvae.'

'Quod calidior est,' dixit Pu.

'Sed ego sum qui *sciam* –'

'Veni speculatum,' dixit Porcellus simpliciter, et praeivit.

'*Duas* domus tam propinquas esse verisimile non est,' dixit Pu.

Angulum transierunt, et ibi erat Ioris domus, commodissima visu.

'Ecce,' dixit Porcellus.

'Intus sicut extra,' dixit Pu superbe.

Ior intus iit, et evenit.

'Singulare est,' dixit. 'Domus mea vero est, et eam aedificavi ubi dixi. Ventus eam huc flavisse videtur. Et eam trans silvam portavit, et eam desuper deiecit et hic est, tam bona quam unquam; vero, in parte melior.'

'Valde melior,' dixerunt Pu et Porcellus simul.

'Hoc demonstrat quae opera effieri possint,' dixit Ior. 'Nonne vides, Pu? Nonne vides, Porcelle? Primum cerebro, deinde opera; hoc modo aedificatur domus,' dixit Ior superbe.

.   .   .   .   .

Eum ergo domi reliquerunt; et Christophorus Robinus pransum rediit cum amicis suis Puo et Porcello, qui obiter Errorem narrabant Dirum, et cum ridere desiisset, omnes Carmen Forinsecum Tempestati Nivosae cantabant quoad domum advenerunt, et Porcellus, vocis iam incertus, tiddely-pum subiungebat.

'Scio quidem id facile *videri*,' secum dixit Porcellus, 'sed non *omnes* facere possunt.'

II

¶ Quo in capite Tigris,
in Silvam advectus, ientat

WINNIE ILLE PU media nocte subito experrectus auscultavit. E lecto surrexit, et, can-
dela accensa, cameram sedato gressu transivit, speculatum num aliquis in armarium mellis
irrumpere conaretur, quod faciebat nemo. Sedate
igitur regressus, candelam extinxit et ad lectum rediit.
Deinde sonum denuo audivit.

'Esne tu, Porcelle?' dixit.

Sed non Porcellus erat.

'Veni intro, Christophore Robine,' dixit.

Sed Christophorus Robinus non venit.

'Fac me eius mane certiorem, Ior,' dixit Pu
somniculosus.

Sonus autem perstitit.

'*Vorravorravorravorravorra*,' dixit Quiddam, et Pu
se non vero dormire invenit.

'Quidnam esse potest?' cogitavit. 'In Silva sunt per-
multi soni, sed hic alius est. Grunnitus non est, nec
murmur, nec latratus, nec sonus-quem-edis-prius-
quam-poema-recitare-incipis; sonus autem qualis-
cumque est, ab animali incognito editus. Quem ad
ostium meum edit. Surgam ergo, atque eum rogabo
ne hoc faciat.'

[26]

E lecto surrexit, et ostium aperuit.

'Salve,' dixit Pu, si fortasse aliquid foris erat.

'Salve!' dixit Quiddam.

'Ah!' dixit Pu. 'Salve!'

'Salve!'

'Ah! *Ecce* tu!' dixit Pu. 'Salve!'

'Salve!' dixit Animal Incognitum, scire avens quousque tandem hoc pergeretur.

Pu quartum 'Salve!' dicturus decrevit non dicere, et potius dixit 'Quis est?'

'Ego,' dixit vox.

'Ah!' dixit Pu. 'Age, huc veni.'

Quiddam huc venit, et lumine candelae inter se adspexerunt.

'Ego sum Pu,' dixit Pu.

'Ego sum Tigris,' dixit Tigris.

'Ah!' dixit Pu, quia tale animal numquam antea viderat. 'Christophorusne Robinus tui conscius est?'

'Profecto est,' dixit Tigris.

'Esto,' dixit Pu, 'media nox est, tempus ad obdormiscendum idoneum. Et mane melle ientabimus. Nonne Tigrides iuvat mel?'

'Tigrides iuvant omnia,' dixit Tigris hilaris.

'Ideo, si in solo obdormiscere iuvat, ad lectum redibo,' dixit Pu, 'et res mane agemus.' Et ad lectum rediit et arte obdormivit.

Mane cum experrectus esset, primum vidit Tigridem, ante speculum sedentem, et se adspicientem.

'Salve!' dixit Pu.

'Salve,' dixit Tigris. 'Aliquem inveni mei simillimum. Credebam me unicum esse!'

Pu e lecto surrexit, et explicare incepit quid esset speculum, sed cum ad verba iucundissima perveniret, Tigris dixit:

'Habe me paulisper excusatum, sed aliquid mensam

tuam ascendit,' et *Vorravorravorravorravorra* semel magna voce edens, in marginem lintei insiluit, ad solum traxit, se linteo ter obvolvit et trans cameram volutatus est. Ferociter luctatus tandem caput in divum iterum protulit, et dixit hilariter, 'Nonne vici?'

'Linteum meum illud est,' dixit Pu, Tigridem evolvere incipiens.

'Scire volebam quid esset,' dixit Tigris.

'Mensam tegit et res ibi imponuntur.'

'Cur me inscium mordere conatum est?'

'Conatum esse haud *credo*,' dixit Pu.

'Conatum est,' dixit Tigris, 'sed celerior fui.'

Pu linteum in mensam reposuit, et vas magnum mellis in linteum posuit, et ientaculo sederunt. Et simul ac sederunt, Tigris magnam buccam mellis cepit ... Capite inclinato tectum suspexit, et sonos tamquam explorantis lingua edidit, et sonos tamquam cogitantis, et sonos tamquam quidnam-hic-est significantis ... tum dixit voce certissima:

'Tigrides non iuvat mel.'

'Ah,' dixit Pu, tristis et Maestus videri conans, 'credebam omnia eos iuvare.'

'Omnia praeter mel,' dixit Tigris.

Pu propter hoc se gratiorem sensit, et dixit se, ut primum ipse ientavisset, Tigridem Porcelli domum ducturum esse, ut Tigris Porcelli glandulas periclitaretur.

'Gratias tibi ago, Pu,' dixit Tigris, 'quia glandulae reapse est quod Tigrides maxime iuvat.'

Post ientaculum igitur ¯ad Porcellum visendum abierunt, et Pu obiter explicavit Porcellum Minimum esse Animal quod salire non iuvaret, et Tigridem rogavit ne primum Salibundior esset, et Tigris, qui se post arbores celaverat et umbram Pui insciam insultaverat, dixit Tigrides solum ante ientaculum salibundos esse, et quam primum paucas edissent glandulas Tranquillos Urbanosque fieri. Itaque paulo post ostium Porcelli domus pulsaverunt.

'Salve, Pu,' dixit Porcellus.

'Salve, Porcelle. Hic est Tigris.'

'Ain'tu?' dixit Porcellus, se ultra mensam insinuans. 'Credebam Tigrides minores hoc esse.'

'Haud magnos,' dixit Tigris.

'Eos iuvant glandulae,' dixit Pu, 'quamobrem venimus, quia Tigris miser necdum ientavit.'

Porcellus crateram glandularum Tigridem versus impulit, et dixit 'Divide tibi.' Deinde ad Pum appropinquavit, et se multum fortiorem sensit, et dixit, 'Itaque tu Tigris es? Bene est!' voce quadam neglegente. Sed Tigris nihil dixit, ore glandulis pleno . . .

Post sonum longum manducandi, dixit:

'I-i-e o-u-a a-u-ae.'

Cum Pu et Porcellus 'Quid?' dixissent, dixit, 'A-e-e e-u-a-u,' et paulisper foris iit.

Cum revenisset dixit firmiter:

'Tigrides non iuvant glandulae.'

'Sed dixisti omnia eos iuvare praeter mel,' dixit Pu.

'Omnia praeter mel *atque* glandulas,' explicavit Tigris.

Quod cum audivisset, Pu dixit, 'Ah, comprehendo!' Porcellus, felicior glandulas Tigrides non iuvare, dixit, 'Quid de carduis?'

'Cardui,' dixit Tigris, 'est quod Tigrides maxime iuvat.'

'Abeamus igitur Iorem visum,' dixit Porcellus.

Tres igitur abierunt et postquam multum multumque ambulaverant, venerunt ad partem Silvae ubi erat Ior.

'Salve, Ior!' dixit Pu. 'Hic est Tigris.'

'Quid est?' dixit Ior.

'Hic,' simul explicaverunt Pu et Porcellus, et Tigris, felicissime subridens, nihil dixit.

Ior Tigridem uno cursu circumambulavit, et reversus eum altero cursu circumambulavit.

'Quid id esse dixisti?' rogavit.

'Tigridem.'

'Ah,' dixit Ior.

'Nuper advectus,' explicavit Porcellus.

'Ah!' iteravit Ior.

Diu meditatus dixit:

'Quando abiturus?'

Pu Iori explicavit Tigridem amicum ex animo esse Christophori Robini in Silva commoraturum, et Porcellus Tigridi explicavit verba Ioris ei non respicienda esse, quia *semper* tristis esset, et Ior Porcello explicavit se immo hodie mane praesertim hilarem sentire; et Tigris explicavit auditoribus quibuscumque se necdum ientavisse.

'Mihi persuasum erat nobis aliquid esse,' dixit Pu. 'Tigrides carduos esse solent, et propter hoc venimus te visum, Ior.'

'Noli de illo loqui, Pu.'

'O, Ior, nolebam dicere me te videre *noluisse* –'

'Scilicet, sed amicus tuus virgatus nimirum ientare vult. Quid dixisti nomen esse?'

'Tigridem.'

'Veni huc, Tigris.'

Ior eos duxit ad agellum carduosissimum carduorum qui unquam fuit, et ungulam eum versus agitavit.

'Agellum quem ad natalem meum conservabam,' dixit. 'Sed quid denique *sunt* dies natales? Hodie praesentes sunt, cras abierint. Divide tibi, Tigris.'

Gratias agens Tigris Pum sollicitior adspexit.

'Veron, hi cardui?' susurravit.

'Cardui sunt,' dixit Pu.

'Idem qui Tigrides maxime iuvant?'

'Ita est,' dixit Pu.

'Comprehendo,' dixit Tigris, et buccam magnam cepit, et ingenti cum sono dentibus fregit.

'*Eheu!*' dixit Tigris.

Sedens, ungulam in os posuit.

'Quid tibi est?' rogavit Pu.

'*Calet!*' murmuravit Tigris.

'Amicus tuus,' dixit Ior, 'apem momordisse videtur.'

Amicus Pui caput ad aculeos extrahendos quassare desiit et explicavit carduos Tigrides non iuvare.

'Cur ideo carduum perfectum curvasti?' rogavit Ior.

'Sed dixisti,' incepit Pu, '*dixisti* vero omnia Tigrides iuvare praeter mel atque glandulas.'

'*Atque* carduos,' dixit Tigris, qui lingua pendente circumcurrebat.

Pu eum triste adspexit.

'Quid faciamus?' Porcellum rogavit.

Porcellus huic respondere sapiebat, et statim dixit eis opus esse, ut Christophorum Robinum visum irent.

'Eum apud Cangam invenietis,' dixit Ior. Ad Pum proxime accessit, et susurro claro dixit:

'Potesne amicum tuum rogare ut se alibi exerceat? Mox pransurus sum, et nolo ut prandium prius insiliatur quam incipiam. Flocci est, et curiosior sum, sed suus cuique mos est.'

Graviter nutans, Pu Tigridi clamavit.

'Veni et ibimus Cangam visum. Certum est ei esse multum quo ientes.'

Tigris circulum postremum confecit et ad Pum Porcellumque accessit.

'Calet!' explicavit, late et benevole subridens. 'Veni!' Et festinans abiit.

Pu et Porcellus lente ambulantes secuti sunt. Dum ambulant Porcellus nihil dixit, quia nihil excogitabat, et Pu nihil dixit, quia poema excogitabat. Quo excogitato, incepit:

> Quidnam agamus de Tigridulo?'
> Non adolescet ni pabulo;
> Nec iuvat mel, nec glandulae, nec cardui;
> Est falsus sapor, aut haustu sunt ardui
> et cibi quo augent corpus aluntque ferae
> aut laedit sapor aut saetae horror.

'Satis tamen adolevit,' dixit Porcellus.

'Vero haud *permagnus* est.'

'Ita autem *videtur*.'

Quo audito Pu meditabundus factus est, et secum deinde murmuravit:

> Quanto auro expendetur
> Saliens maior videtur.

'En totum poema,' dixit. 'Placetne tibi, Porcelle?'

'Aurum non magni facio,' dixit Porcellus. 'Repudiendum censeo.'

'Petivit ut admitteretur,' explicavit Pu, 'quod admisi. Modus optimus poemata scribendi est, ut verba admittantur.'

[35]

'Ah,' dixit Porcellus, 'hoc ignorabam.'

Tigris iam dudum coram eis saliebat, reversus interdum ut rogaret 'Nonne haec via est?' Nunc tandem domum Cangae videre potuerunt, ubi erat Christophorus Robinus. Tigris ad eum festinavit.

'Ecce tu, Tigris!' dixit Christophorus Robinus. 'Certe scii te alicubi esse.'

'Multa in Silva inveni,' dixit Tigris graviter, 'pum inveni, et porcellum, et iorem, sed ientaculum non invenio.'

Accesserunt Pu et Porcellus, et Christophorum Robinum amplexati explicaverunt quid accidisset.

'Nonne *tute* scis quid Tigrides iuvet?' rogavit Pu.

'Diligenter meditatum me sciturum existimo,' dixit Christophorus Robinus, 'sed Tigridem scire *credebam.*'

'Plane scio,' dixit Tigris, 'omnia quae in mundo sint, praeter mel atque glandulas, atque – illis calidis quid nomen?'

'Cardui.'

'Ita – atque carduos.'

'Bene est, Canga ientaculum tibi dare poterit.'

Itaque domum Cangae intraverunt, et cum Ru 'Salve, Pu,' et 'Salve, Porcelle' semel dixisset, et 'Salve, Tigris' bis dixisset, quia hoc numquam antea dixerat et quia ridiculum videbatur, Cangam certiorem fecerunt quid vellent, et Canga benignissime dixit, 'Bene est; armarium introspice, Tigris carissime, ut videas quid te iuvet.' Sciebat enim statim Tigridem, quamvis magnus videretur, tantae benignitatis egere quam Rum.

'Nonne introspiciam quoque ego?' dixit Pu, qui se buccellosiorem sentire incipiebat. Et invenit doliolum lactis condensati, quod nesciebat quomodo existimabat Tigrides non iuvare. Solum in angulum portavit, comitans ne quis id turbaret.

Sed quo plus Tigris nasum hic et ungulam illic imposuit, eo plura invenit quae Tigrides non iuvarent; et cum omnia in armario invenisset, et nihil omnino esse potuisset, Cangae dixit 'quid nunc accidet?'

Sed Canga et Christophorus Robinus atque Porcellus omnes Rum circumstabant, ut eum observarent dum Hordei sumeret Excerptum. Et Ru dicebat 'Num debeo?' et Canga dicebat, 'Age, Ru carissime, recordare quid pollicitus sis.'

'De quo agitur?' Porcello susurravit Tigris.

'De Remedio eius Confirmatorio, quod odit,' dixit Porcellus.

Tigris ergo propius accessit, et se super tergum Rui sellae inclinavit, et linguam repente eiciens, unum magnum sumpsit gluttitum. Admiratione subsultans, Canga dixit 'Ah!' et cochleare abiturum arripuit, et tute ex ore Tigridis retraxit; sed Hordei Excerptum aberat.

'Tigris carissime!' dixit Canga.

'Remedium meum sumpsit, remedium meum sumpsit, remedium meum sumpsit!' cantavit Ru felix, qui iocum magnificum existimabat.

Deinde Tigris tectum suspexit, oculis clausis fauces iterum iterumque liguriens, ne quid extra superesset, et risus tranquillus ori supervenit dum dicit, '*Ecce* quid Tigrides iuvet!'

.　　　.　　　.　　　.　　　.　　　.

Qua de causa semper postea apud Cangam habitabat, Hordei Excerpto ientans, prandens atque cenans. Interdum, Cum Canga eum confirmare necesse esse haberet, unum cochleare vel duo Ientaculi Rui post cibum velut remedium sumere solebat.

'Sed censeo,' dixit Porcellus, 'eum satis admodum confirmatum esse!'

III

¶ Quo in capite investigationem
ordiendam curant, et Porcellus iterum
in Heffalumpum paene incidit

DIE QUODAM PU domi sedebat, vasa sua mellis
numerans, cum ostium pulsatum esset.
'Quattuordecim,' dixit Pu. 'Veni intro.
Quattuordecim, aut quindecim erat? Malum. Nunc
confusus sum.'

'Salve, Pu,' dixit Lepus.

'Salve, Lepus; Quattuordecim, veron?'
'Quae?'
'Vasa mea mellis quod numerabam.'
'Quattuordecim, ita est.'
'Tibine persuasum est?'
'Minime,' dixit Lepus. 'Num magni refert?'
'Me iuvat modo scire,' dixit Pu humilis. 'Ut mecum

dicam "Mihi supersunt quattuordecim vasa mellis."
Vel quindecim, ut res se habet. Mihi est solacio
cuidam.'

'Esto, sedecim aestimemus,' dixit Lepus. 'Quod
dictum veni hoc est: Pauxillumne usquam vidisti?'

'Me vidisse haud credo,' dixit Pu. Deinde, paulisper
meditatus, dixit: 'Pauxillus quis est?'

'Unus ex amicis-et-cognatis meis,' dixit Lepus
securus.

Responsum Puo parum utile erat, quia Lepori tot
erant amici-et-cognati, naturarum et magnitudinum
adeo diversarum, ut nesciret utrum Pauxillus in apice
quercus an in ranunculi petalo quaerendus esset.

'Hodie neminem vidi,' dixit Pu, 'saltem cui dicerem
"Salve, Pauxille!" Eumne aliqua de causa
desiderabas?'

'Eum non *desidero*,' dixit Lepus, 'sed semper utile est
scire ubi *sit* amicus-et-cognatus, sive eum desideras,
sive non desideras.'

'Ah,' dixit Pu. 'Comprehendo. Nonne erravit?'

'Iamdudum nemo eum vidit; ergo eum erravisse
opinor. Nihilominus,' graviter perrexit, 'Christophoro
Robino pollicitus sum me Investigationem Ordina-
turum esse. Ideo, veni.'

Pu valedixit amanter quattuordecim vasis mellis,
sperans ea quindecim esse, et cum Lepore in Silvam
abiit.

'Agedum,' dixit Lepus, 'haec Investigatio est, quam
ordinavi –'

'Quidnam de ea fecisti?' dixit Pu.

'Ordinavi. Quod significat – id quod de Investiga-

[41]

tione facias, cum omnes non in eodem loco quaerant. Tute, Pu, volo quaeras primum ad Sex Pinus, Domum Bubonis versus progrediens, et me ibi prospicias. Nonne comprehendis?'

'Minime,' dixit Pu. 'Quid –'

'Ergo te revidebo apud Bubonem una fere hora.'

–'Nonne Porcellus quoque ordiatus est?'

'Item sumus omnes,' dixit Lepus abiturus.

.   .   .   .   .

Simul ac Lepus e conspectu fuit, Pu recordatus est sibi excidisse ut rogaret quis esset Pauxillus, et utrum talis esset amicus-et-cognatus ut alicui in nasum insideret, an ut per errorem conculcaretur, et quia Iam Sero erat, decrevit venationem incipere Porcello quaerendo, quem rogaret quid quaererent priusquam id quaereret.

'Nec quicquam prodest Porcellum ad Sex Pinus quaerere,' secum dixit Pu, 'quia in loco suo peculiari ordiatus est. Itaque Locum Peculiarem primum quaerere oportebit. Scire aveo ubi sit.' Et intra caput ita inscripsit:

ORDO RERUM QUAERENDARUM.

I   Locus Peculiaris. (*Ut Porcellum inveniam.*)

II   Porcellus. (*Ut discam quis sit Pauxillus.*)

III Pauxillus. (*Ut Pauxillum inveniam.*)

IV   Lepus. (*Ut ei dicam me Pauxillum invenisse.*)

V   Iterum Pauxillum. (*Ut ei dicam me Leporem invenisse.*)

[43]

'Quamobrem dies molestus fore videtur,' cogitavit Pu, sedato gressu progrediens.

Sed dies statim molestissimus factus est, quia adeo occupatus erat in via non spectanda ut frusto Silvae per errorem omisso institerit, et ei vix tempus erat secum dicendi: 'Volo. Sicut Bubo, Scire volo quomodo desinas –' cum desiit.

'*Tump!*'

'Eheu!' fuit stridor.

'Mirum,' cogitavit Pu. 'Eheu! edidi sine stridore.'

'Succurrite!' dixit vox tenuis et alta.

'Ecce me iterum,' cogitavit Pu. 'Mihi accidit Calamitas, qua in puteum incidi, et vox mea stridulosa facta est, et sonat antequam paratus sum, quia mihi introrsum aliquid nocui. Malum!'

'Succurrite – succurrite!'

'Ecce! Verba inconatus dico. Nonne igitur Gravissima fuit Calamitas?' Et deinde cogitavit se fortasse cum verba dicere conaretur, nequiturum esse. Itaque comperiendi causa, magna voce dixit: 'Gravissima Calamitas Puo Urso.'

'Pu!' stridit vox.

'Porcellus est!' exclamavit alacriter Pu. 'Ubi es?'

'Infra,' dixit Porcellus inferne.

'Infra quid?'

'Infra te,' stridit Porcellus. 'Surge!'

'Ah,' dixit Pu, quam celerrime surgens. 'Incidine tibi, Porcelle?'

'Mihi incidisti,' dixit Porcellus, seipsum ubique tangens.

'Incidere nolui,' dixit Pu maeste.

'Infra esse nolui,' dixit Porcellus tristis. 'Sed nunc bene me habeo, et adeo laetus sum te fuisse.'

'Quid accidit?' dixit Pu. 'Ubinam sumus?'

'Credo nos esse in fovea quadam. Obambulabam, aliquem petens, et repente desii, et cum surrexissem, ut specularer ubi essem, aliquid mihi incidit. Quod tu fuisti.'

'Vero fui,' dixit Pu.

'Ita,' dixit Porcellus. 'Pu,' perrexit pavide, propius accedens, 'Credisne nos in Insidiis esse?'

Pu rem omnino non consideraverat, sed capite nutavit. Repente enim recordatus est quomodo ipse ac Porcellus olim Insidias Puenses Heffalumpis paraverant, et quid accidisset intellexit. Ipse ac Porcellus in Insidias Heffalumpenses Puis paratas inciderant! Haec summa erat.

'Quid accidet adveniente Heffalumpo?' rogavit Porcellus tremulus, cum nuntiata audivisset.

'Fortasse tete non animadvertet, Porcelle,' dixit Pu laete, 'quia Minimum es Animal.'

'Sed tete saltem animadvertet, Pu.'

'Memet animadvertet, et eumpse animadvertam,' dixit Pu, rem excogitans. 'Inter nos diu animadvertemus, et tunc dicet 'Heia!'

Porcellus aliquantulum tremuit, de 'Heia!' cogitans, et aures vellicare inceperunt.

'Qu-Quid tutemet dices?' rogavit.

Pu aliquid dicendum excogitare conatus est, sed quo plus cogitavit, eo plus credidit non *esse* responsum germanum 'Heia!' dicto a Heffalumpo voce qua locuturus esset hic Heffalumpus.

'Nihil dicam,' tandem dixit Pu. 'Mecum modo susurrabo, ut qui aliquid exspectem.'

'Tum fortasse "Heia!" iterabit,' subiecit Porcellus sollicitus.

'Iterabit,' dixit Pu.

Porcelli aures tam celeriter vellicaverunt ut placandi causa contra latus Insidiarum inclinare cogeretur.

[46]

'Iterabit,' dixit Pu, 'et susurrare pergam. Quod eum perturbabit. Quia cum "*Heia!*" bis dicas, quasi delectatus, altero solum susurrante, repente invenis, tertium '*Heia!*' dicturus, – denique, invenis –'

'Quid?'

'Id non esse,' dixit Pu.

'Non esse quid?'

Pu sciebat quid dicere vellet, sed quia Ursus Perpauli Cerebri erat, verba excogitare nequivit.

'Modo non esse,' iteravit.

'Nonne vis dicere non iam heiale esse?' dixit Porcellus speranter.

Pu eum mirans aspexit et dixit hoc esse quod dicere vellet – si susurrare semper pergeres, quia '*Heia*' in *aeternum* iterare impossibile foret.

'Sed aliud quoddam dicet,' dixit Porcellus.

'Ita vero est. Dicet "Quid rei est?" Et deinde egomet dicam – consilium optimum, Porcelle, quod recentissime cepi – dicam: "Sunt insidiae Heffalumpo quas paravi, et exspecto dum Heffalumpus incidat." Et susurrare pergam. Hoc eum Perturbabit.'

'Pu!' clamavit Porcellus, in vicem admirans. 'Nos servasti!'

'Veron'?' dixit Pu, aliquantulum incertus.

Sed Porcello admodum persuasum erat, et mente fingere perrexit, et vidit Pum et Heffalumpum inter se loquentes, et cogitavit subito et tristius amoenius fuisse si Porcellus ac Heffalumpus tam magnifice inter se loquerentur, potius quam Pu, quamvis Pum valde diligeret. Reapse enim se maioris cerebri esse quam Pum, et colloquium melius successurum esse si ipse

[47]

potius quam Pu interesset, et postea solacio fore vesperi respicere diem cum Heffalumpo tam fortiter respondisset quasi Heffalumpus abfuisset. Nunc tam facile videbatur. Sciebat prorsus quid diceret:

HEFFALUMPUS (*se delectans*): 'Heia!'

PORCELLUS (*negligenter*): 'Tra-la-la, tra-la-la!'

HEFFALUMPUS (*obstupefactus, et minus confidens*): 'Heia!'

PORCELLUS (*etiam negligentius*): 'Tiddle-um-tum, tiddle-um-tum.'

HEFFALUMPUS (*Heia dicere incipiens et in tussim inscite convertens*): 'H'r'm! Quid rei est?'

PORCELLUS (*mirans*): 'Salve! Hae sunt insidiae quas paravi, et exspecto dum Heffalumpus ibi incidat.'

HEFFALUMPUS (*deiectissimus*): 'Ah!' (*longum post silentium*): 'Tibine persuasum est?'

PORCELLUS: 'Ita.'

HEFFALUMPUS: 'Ah' (*timide*): 'C-credidi eas insidias esse quas egomet ad Porcellos captandos paravissem.'

PORCELLUS (*mirans*): 'Ah, minime!'

HEFFALUMPUS: 'Ah' (*se excusans*): 'F-falli ergo videor.'

PORCELLUS: 'Suspicor ita esse.' (*urbaniter*): 'Me miseret.' (*Susurrare pergit.*)

HEFFALUMPUS: 'Ex-ex-existimo mihi rediendum esse.'

PORCELLUS (*secure suspiciens*): 'Veron'? Esto, si Christophorum Robinum alicubi videris, velim ei dicas me eum desiderare.'

[48]

HEFFALUMPUS (*placere adpetens*): 'Certe! Certe!' (*Festinans abit.*)

PU (*qui abfuturus erat, sed necessarius inventus est*): 'O, Porcelle, quam es fortis et ingeniosus!'

PORCELLUS (*verecunde*): 'Minime, Pu.' (*Et tum, cum venerit Christophorus Robinus, Pu omnia ei narrare poterit.*)

Dum Porcellus ita feliciter somniabat, et Pu iterum scire avebat utrum quattuordecim essent an quindecim, Pauxilli Investigatio per totam Silvam pergebatur. Pauxillo nomen reapse erat Scarabeo Pauxillulo, sed breviter Pauxillus nominabatur, si quis cum eo loquebatur, quod rarissime accidere solebat, nisi cum aliquis diceret: '*Mehercle*, Pauxille!' Apud Christophorum Robinum pauca momenta commoratus erat, et circuitum ulicis ad se exercendum inceperat, sed circuitum ut sperabatur non confecerat, nec sciebat quisquam ubi esset.

'Existimo eum modo domum rediisse,' Lepori dixit Christophorus Robinus.

'Nonne dixit Vale-et-gratias-pro-tempore-amoeno?' dixit Lepus.

'Recente modo Ut vales? dixerat,' dixit Christophorus Robinus.

'Ha!' dixit Lepus. Paulisper meditatus, perrexit: 'Nonne per litteras indicavit quantum delectatus sit et quantum doluerit quod ei tam subito abeundum fuerit?'

Christophorus Robinus eum scripsisse non credidit.

'Ha!' iteravit Lepus, speciem maximi momenti praebens. 'Hoc Grave est. Erravit. Nobis Investigatio statim incipienda est.'

Christophorus Robinus, de re alia cogitans, dixit 'Ubi est Pu?' – sed Lepus abierat. Domum igitur intravit et tabulam depinxit Pui mane septima fere hora longe ambulantis, et deinde ascendit ad apicem arboris suae et descendit, et tunc scire volebat quid ageret Pu, et Silvam transivit ut specularetur.

Paulo post ad foveam glareae advenit, et despiciens vidit Pum et Porcellum, tergis ad eum versis, feliciter somniantes.

'Heia!' dixit Christophorus Robinus magna voce et subito.

Porcellus Admiratione et Sollicitudine per dimidium pedis subsultavit, sed Pu somniare pergebat.

'Heffalumpus est!' cogitavit Porcellus pavide. 'Agedum!' Gutture aliquantulum susurravit, ne verba adhaererent. Tum iucundissime et facillime dixit: 'Tra-la-la, tra-la-la,' velut si id nuperrime excogitaverat. Non autem circumspexit, quia si circumspiciens

vidisti Heffalumpum Ferocissimum despicientem, interdum eius quod dicturus eras oblivisceris.

'Rum-tum-tum-tiddle-um,' dixit Christophorus Robinus voce vocis Pui simili. Quia Pu olim carmen composuerat huiusmodi:

> Tra-la-la, tra-la-la,
> Tra-la-la, tra-la-la,
> Rum-tum-tum-tiddle-um.

Itaque quandocumque Christophorus Robinus id cantat, voce Pui uti solet, quae aptior videtur.

'Erravit,' cogitavit Porcellus sollicitus. '"*Heia!*" iterandum erat. Fortasse pro eo mihi dicendum est.' Et, tam ferociter quam potuit, dixit Porcellus '*Heia!*'

'Quomodo illice pervenisti, Porcelle?' dixit Christophorus Robinus voce solita.

'Hoc Dirum est,' cogitavit Porcellus. 'Primum voce Pui loquitur, et tum voce Christophori Robini loquitur, quod facit ut me Perturbet,' et nunc omnino Perturbatus, dixit celerrime et stridulosissime 'Hae sunt insidiae Puis paratae, et exspecto dum incidam, *heia*, quid rei est, et tunc *heia* itero.'

'*Quid?*' dixit Christophorus Robinus.

'Insidiae heis paratae,' dixit Porcellus rauce. 'Nuperrime paravi, et exspecto dum heia adve-ve-veniat.'

Quousque Porcellus ita perrexisset nescio, sed id temporis Pu repente experrectus decrevit ea sedecim esse. Surrexit igitur, et caput revertens ut leniret locum incommodum in medio tergo ubi aliquid eum titillabat, vidit Christophorum Robinum.

'Salve!' clamavit gaudens.

'Salve, Pu.'

Porcellus suspexit, et oculos avertit. Se tam Stultum et Incommodum sensit ut paene constituisset ad mare fugere ut Nauta fieret, cum subito aliquid vidit.

'Pu!' exclamavit. 'Aliquid tergum tuum ascendit.'

'Credidi ita esse,' dixit Pu.

'Pauxillus est!' vagivit Porcellus.

'Ah, est ille, ain'?' dixit Pu.

'Christophore Robine, Pauxillum inveni!' clamavit Porcellus.

'Praeclare egisti, Porcelle,' dixit Christophorus Robinus.

Quibus verbis confirmantibus Porcellus se denuo felicem sensit, et decrevit tandem nauta non fieri. Itaque cum Christophorus Robinus eos e fovea glareae excedere adiuvisset, manus tenentes abierunt.

Biduo post, Lepus in Iorem in Silva forte incidit.

'Salve, Ior,' dixit. 'Quid tute petis?'

'Pauxillum scilicet,' dixit Ior. 'Nonne tibi cerebri est?'

'Ah, sed nonne tibi dixi?' dixit Lepus. 'Pauxillus abhinc biduum inventus est.'

Paullulum tacitum est.

'Ha-ha,' dixit Ior amare. 'Pro festivitatem, et cetera. Noli te excusare. Ita prorsus eveniendum erat.'

IV

¶ Quo in capite demonstratur Tigrides
in arbores non ascendere

DIE QUODAM CUM Pu cogitaret, cogitavit ire ad
Iorem visendum, quia ex heri eum non vidisset.
Et dum per ericam ambulat, secum cantans,
repente recordatus est se nudius tertius Bubonem non
vidisse. Cogitavit igitur Silvam Centum Jugerum
obiter visere, ut specularetur num Bubo domi esset.

Esto, cantare pergebat, donec pervenit ad partem
fluminis ubi erant lapides transitorii, et cum in medio
tertio lapide esset, scire avere incepit num valerent
Canga et Ru et Tigris, qui in alia Silvae parte co-
habitabant. Et cogitavit, 'Iamdiu Rum non vidi, et nisi
eum hodie videro, etiam iamdiutius erit.' Itaque consedit in medio flumine, in lapide et cantavit alteram
carminis stropham, dum quid ageret demiratur. Altera
carminis stropha huiusmodi fuit:

> Mane felix agerem
> in Ruo visendo,
> Mane felix agerem
> Hic in puescendo,
> Nec referre reputatur
> Quid a Puo nunc agatur,

Dummodo ne pinguescam,
Et *omnino* non pinguesco;
Negat Pu.

Sol tam iucunde calebat, et lapis, iamdiu apricatus,
adeo quoque calebat ut Pu paene decrevisset puescere
pergere in medio flumine usque ad prandium cum
Leporem recordatus est.

'Leporem,' dixit Pu secum, *'iuvat* me cum Lepore
loqui. De rebus sapidis loqui solet. Non utitur verbis
longis difficilibusque sicut Bubo. Verbis utitur brevi-
bus facilibusque sicut "Quid de prandio?" et "Divide
tibi Pu." Existimo, reapse, me Leporem visere debere.'

Quod effecit ut alteram stropham excogitaret:

> O, me iuvat mos loquendi,
>   Iuvat me,
> Mos suavissimus loquendi,
>   Inter se.
> Cum Lepore, buccella in ore,
> Puo summo est mos lepore;
>   Iuvat me.

Hoc cantato, e lapide surrexit, flumen retrorsum transivit, et domum Leporis profectus est.

Cum longe non progressus esset secum dicebat:

'Si Lepus autem aberit?'

'Vel si iterum in ostio antico infixus fiam eveniens, sicut olim factus sum cum ostium anticum non satis latum esset?'

'Quia mihi *persuasum* est me non pinguescere, sed fieri potest ut ostium anticum extenuetur.'

'Nonne melius esset si –'

Et dum ita loquitur inscius ad occidentem ambulare pergebat, donec subito se ante ostium suum anticum invenit.

Et undecima hora erat.

Hora buccellae.

Post semihoram agebat quod semper in animo habuerat, domum Porcelli sedato gressu ambulabat. Ambulans os tergo ungulae detergebat, et carmen lanatius per pellem cantabat. Huiusmodi erat:

Mane felix agerem
  In Porcello visendo,

Felix esse nequirem
  In Porcello carendo,
Nec referre reputatur
Quis a Puo non visatur,
Sit Bubo vel Ior (vel ullus ceterorum)
Nec visam Bubonem nec Iorem (nec ullum ceterorum)
  Nec Christophorum Robinum.

Ita descriptum, carmen mediocre videtur, sed per lanam gilvam auditum semihora fere ante meridiem die apricissimo, Puo visum est unum ex carminibus optimis quae umquam cantavisset. Itaque cantare pergebat.

Porcellus occupatus erat in fovella in terra extra domum fodianda.

'Salve, Porcelle,' dixit Pu.

'Salve, Pu,' dixit Porcellus, admiratione subsultans. 'Pro certo habui te esse.'

'Ego quoque habui,' dixit Pu, 'quid agis?'

'Glandulam sero, Pu, ut adulta quercus fiat, permultis cum glandulis prope ostium anticum, ne milia miliaque passuum ambulare oporteat. Nonne comprehendis, Pu?'

'Si aliter eveniet?' dixit Pu.

'Recte eveniet, quia Christophorus Robinus fore dicit, et propterea sero.'

'Esto,' dixit Pu, 'si favum extra domum sero, adolescet ut alvearium fiat.'

Cuius Porcellus incertior erat.

'Aut favi *frustum*,' dixit Pu, 'ne nimium perdam.

[58]

Sed ita frustum modo alvearii fortasse adipiscar, et frustum malum fortasse esset, apibus susurrantibus nec mellificantibus. Malum.'

Porcellus consensit istud molestius fore.

'Praeterea, Pu, serere difficillimum est nisi facere sapis,' dixit; et glandem in fovellam quam fecerat insertam terra contexit

et insultavit.

'Egomet facere sapio,' dixit Pu, 'quia Christophorus Robinus mihi dedit semen trophaeoli, quod serui, et trophaeola super totum ostium anticum habebo.'

'Credidi ea tropaeola vocari,' dixit Porcellus timide, subsultare pergens.

'Minime haec,' dixit Pu, 'haec trophaeola vocantur.'

Cum Porcellus subsultare desiisset, ungulis parte priore detersis, dixit, 'Nunc quid agamus?' et Pu dixit, 'Eamus ad visendum Cangam Rumque atque Tigridem,' et Porcellus dixit, 'C-certe, e-eamus' – quia iam erat paulo sollicitus de Tigride qui Animal Salibundissimum erat, et salutando aures tuas semper relinquebat sabulosas, etiam cum Canga dixisset, 'Placide, Tigris carissime,' et te ad resurgendum adiuvavisset. Itaque domum Cangae versus profecti sunt.

Accidit vero ut Canga mane se matrem familiae esse sentiret, et Rerum Numerandarum Cupidam, sicut Rui subucularum, et quot superessent saponis frusta, et duorum locorum mundorum in Tigridis manteli; eos ergo dimiserat cum fasciculo viaticarum nasturtii pro Ruo et fasciculo viaticarum hordei excerpti pro Tigride, ut se mane in Silva procul a lascivia diutius oblectarent. Itaque abierant.

Tigris obiter Rum (sciendi cupidum) certiorem faciebat rerum quae Tigrides facere possent.

'Possuntne volare?' rogavit Ru.

'Possunt,' dixit Tigris, 'sunt volatores optimi, Tigrides. Volatores mirfici.'

'Eia!' dixit Ru. 'Num possunt tam bene quam Bubo volare?'

'Possunt,' dixit Tigris, 'sed nolunt.'

'Quare nolunt?'

'Esto, nescio quomodo eos non iuvat.'

Hoc Ru comprehendere nequivit, quia credebat volare posse amoenum fore, sed Tigris dixit id difficile esse explicatu alicui qui Tigris non esset.

'Dic mihi,' dixit Ru, 'possuntne tam longe quam Cangae salire?'

'Possunt,' dixit Tigris, 'cum cupiunt.'

'Me valde *iuvat* salire,' dixit Ru. 'Speculemur uter nostrum longius salire possit.'

'Egomet possum,' dixit Tigris, 'sed nunc morari non debemus, nam sero erimus.'

'Sero cui rei?'

'Cuicumque in tempore esse desideramus,' dixit Tigris, porro properans.

Paulo post ad Sex Pinus pervenerunt.

'Natare possum,' dixit Ru. 'In flumen incidi, et navui. Possuntne Tigrides natare?'

'Scilicet possunt. Tigrides omnia facere possunt.'

'Possuntne in arbores melius quam Pu ascendere?' rogavit Ru, sub Pinu procerissima iter sistens, et suspiciens.

'In arbores ascendere, hoc optime faciunt,' dixit Tigris, 'valde melius quam Pui.'

'Num in hanc ascendere possunt?'

'In tales arbores semper ascendunt,' dixit Tigris. 'Per totum diem ascendunt et descendunt.'

'Eia Tigris, ain' tu?'

'Tibi monstrabo,' dixit Tigris fortiter, 'et tu in tergo ut spectes sedere potes. Nam ex omnibus quae dixerat Tigrides facere posse solum cuius se vero certum repente sentiebat erat in arbores ascendere.

[61]

'Eia, Tigris – eia, Tigris – eia, Tigris!' stridit Ru commotus.

Insedit igitur tergo Tigridis et ascendere coeperunt.

Per decem primos pedes Tigris secum feliciter dixit, 'Ascendimus!'

Per decem proximos pedes dixit:

'Semper dixi Tigrides in arbores ascendere scire.'

Et per decem proximos pedes dixit:

'Intellege, id non facile esse.'

Et per decem proximos pedes dixit:

'Scilicet, descendendum quoque est. Retrorsum.'

Et tunc dixit:

'Quod difficile erit ...'

'Nisi cecideris ...'

'Quod esset ...'

'FACILE.'

Ad verbum 'facile', ramus cui insidebat subito fractus est, et ramum superiorem vix prehendit dum se casurum sentit ... et lente mentum supra posuit et unam ungulam posteriorem supra posuit ... deinde alteram ... donec tandem anhelans insidebat, optans se potius natare conatum esse.

Ru descendit, et iuxta eum consedit.

'Eia Tigris,' dixit commotus, 'nonne ad apicem pervenimus?'

'Minime,' dixit Tigris.

'Nonne ad apicem ascendemus?'

'*Minime*,' dixit Tigris.

'Ah!' dixit Ru tristior. Et speranter perrexit: 'Amoenum modo fuit, cum nos tump-ad-imum

[62]

casuros esse simulares, sed non cecidimus. Quaeso, hocne iterabis?'

'NULLO MODO,' dixit Tigris.

Ru paulisper tacuit, et deinde dixit, 'Edamusne viatica, Tigris?' Et Tigris dixit, 'Edamus; ubi sunt?' Et Ru dixit, 'Ima arbore.' Et Tigris dixit, 'Censeo nos ea iam non esse debere.' Itaque non ederunt.

.   .   .   .   .

Paulo post subvenerunt Pu et Porcellus. Pu Porcello voce cantanti dicebat id referre non reputari dummodo ne pinguesceret, et se pinguescere non credere, quid a se ageretur; et Porcellus scire avebat quantum temporis foret donec adolesceret glandula.

'Aspice, Pu!' dixit Porcellus subito, 'est aliquid in una e Pinis.'

'Vero est!' dixit Pu, admiratione suspiciens, 'est Animal.'

Porcellus bracchium Pui prehendit, ne Pu pavesceret.

'Estne unum ex Animalibus Ferocioribus?' dixit, oculos avertens.

Pu capite nutavit.

'Pandara est,' dixit.

'Quid agunt Pandarae?' rogavit Porcellus, sperans eas id acturas non esse.

'In arborum ramis se celant, et in subeuntes delabuntur,' dixit Pu. 'Christophorus Robinus id mihi dixit.'

'Fortasse subire non praestat, Pu, ne delapsa sibi noceret.'

[63]

'Sibi nocere non solent,' dixit Pu. 'Adeo optimi sunt delapsores.'

Porcellus tamen existimabat Delapsori Optimo subire Errori fore, et festinans allaturus erat aliquid cuius oblitus esset, cum Pandara eis clamavit.

'Succurrite! Succurrite!' clamavit.

'Hoc est quod Pandarae agere solent,' dixit Pu, valde attentus. 'Succurrite! Succurrite!' clamant, et suspicienti inlabuntur.

'Egomet despicio,' clamavit Porcellus magna voce, ne Pandara fortuito erraret.

Quoddam commotissimum iuxta Pandaram eum audivit, et stridit:

'Pu et Porcelle! Pu et Porcelle!' Subito existimavit Porcellus diem valde iucundiorem esse quam crediderat. Percalidum et apricum –

'Pu!' clamavit. 'Credo Tigridem esse atque Rum!'

'Ita vero,' dixit Pu. 'Credidi Pandaram esse atque alteram Pandaram.'

'Salve, Ru!' clamavit Porcellus. 'Quid agis?'

'Descendere nequimus, descendere nequimus!' vagivit Ru. 'Nonne ioco est? Pu, nonne ioco est, ego et Tigris in arbore habitamus, sicut Bubo, et hic in aeternum manebimus. Domum Porcelli videre possum. Porcelle, domum tuam hinc videre possum. Nonne excelsi sumus? Num domus Bubonis tam excelsa est?'

'Quomodo illic pervenisti, Ru?' rogavit Porcellus.

'In tergo Tigridis! Et Tigrides descendere nequiunt, caudis impedientibus, solum ascendere, cuius Tigris incipiens oblitus erat et nunc modo recordatus est. In aeternum ergo nobis manendum est, nisi excelsius ascenderimus. Quid dixisti, Tigris? Ah, Tigris dixit si excelsius ascendamus nos domum Porcelli non tam bene visuros esse; hic igitur manendum esse.'

'Porcelle,' dixit Pu sollemnis, his auditis, 'Quid agamus?' Et viatica Tigridis esse incepit.

'Suntne captivi?' rogavit Porcellus sollicitus.

Pu capite nutavit.

'Nonne ad eos ascendere potes?'

'Possum, Porcelle, et Rum in tergo deferre possum, sed Tigridem deferre nequeo. Ergo aliquid aliud excogitare debemus.' Et cogitabundus viatica Rui quoque esse incepit.

. . . . .

Nescio num quid excogitavisset antequam viatica peredisset, sed ad penultimum pervenerat cum fuit crepitus in pteride, et una spatiantes advenerunt Christophorus Robinus et Ior.

'Haud miror si cras multum grandinabit,' dicebat Ior. 'Cum hieme et hoc genere omni. Hodie serenum esse non interest. Caret sig – verbum quid est? Tandem, hoc caret. Est modo particula tempestatis.'

'Ecce Pu!' dixit Christophorus Robinus, cui vix referret qualis tempestas cras futura esset, dummodo foris esset. 'Salve, Pu!'

'Est Christophorus Robinus!' dixit Porcellus, 'qui sciet quid sit agendum.'

Ad eum properaverunt.

'Ah, Christophore Robine,' coepit Pu.

'Et Ior,' dixit Ior.

'Tigris et Ru excelsi sunt in Sex Pinis, et descendere nequeunt, et –'

'Et dicebam modo,' interposuit Porcellus, 'si modo Christophorus Robinus –'

'Et Ior –'

'Si modo adesses, aliquid agendum a nobis excogitari posset.'

Christophorus Robinus Tigridem Rumque suspexit, et aliquid excogitare conatus est.

'Putabam,' dixit Porcellus impense, 'si Ior ima arbore staret, et si Pu in tergum Ioris insisteret, et si in humeros Pui insisterem –'

'Et si tergum Ioris subito frangeretur, nos omnes ridere posse. Ha ha! Leniter facetum,' dixit Ior, 'sed perpaulo auxilio.'

'Sed,' dixit Porcellus verecundus, 'egomet putabam –'

'Num tibi tergum frangeret, Ior?' rogavit Pu, valde miratus.

'Hoc nos teneret, Pu. Postea modo certiores fieri!'

Pu dixit 'Oh!' et omnes denuo cogitare coeperunt.

'Consilium cepi,' clamavit subito Christophorus Robinus.

'Hoc ausculta, Porcelle,' dixit Ior, 'et intelleges quid efficere conemur.'

'Tunicae meae exutae tenebimus quisque angulum, et Ru et Tigris insilire poterunt, et mollis et resiliens eis erit, et sibi nihil nocebunt.'

'Tigridem *deferendum*, nec *ulli* nocendum,' dixit Ior. 'Haec duo mente retine, Porcelle, et bene eris.'

Sed Porcellus non auscultabat; adeo commotus erat spe revidendi Christophori Robini suspensores caeruleos. Semel tantum antea eos viderat, cum multo iunior fuisset, et aliquanto commotior, cubitum semihora praemature ire debuerat, et scire semper avebat num reapse tam caerulei et suspensivi essent quam crediderat. Ergo cum Christophorus Robinus tunicam exuisset, et ita essent, se iterum satis benevolum Iori sensit, et angulum tunicae iuxta eum tenuit, et ei feliciter subrisit. Qui susurrans respondit:

'Cave quod non nego Casum iam fore. Singulares sunt, Casus. Non accidunt, nisi cum tibi contingunt.'

Cum Ru quid agendum esset comprehendisset, insane commotus est, et exclamavit:

'Tigris, Tigris, desulturi sumus! Aspice me desilientem, Tigris! sicut volare, erit, desilire. Num facere possunt Tigrides?' Et stridit: 'Venio, Christophore Robine!' et desiluit – prorsus in mediam tunicam. Et tam celeriter cadebat ut resiliret, paene altitudini unde desiluerat, et resilire 'Eia!' dicens, diutius pergebat. Tunc tandem desiit, dicens, 'Eia, amoenum!' Et in terram eum posuerunt.

'Age, Tigris,' exclamavit. 'Facile est.'

Sed Tigris ramum tenebat et secum dicebat: 'Bene est Animalibus Salientibus sicut Cangis, sed valde aliter est Animalibus Natantibus sicut Tigridibus.' Et mente finxit seipsum secundo flumine in tergo fluitantem sive inter insulas enatantem, et censuit Tigridem ita vivere debere.

'Veni desuper,' clamavit Christophorus Robinus, 'tutus eris.'

'Parumper exspecta,' dixit Tigris trepidus. 'Corticis particula in oculo. Et lente secundum ramum motus est.'

'Veni, facile est!' stridit Ru, et subito invenit Tigris quam esset facile.

'Eheu!' clamavit, arbore praetereunte.

'Cavete!' aliis clamavit Christophorus Robinus.

Strepitus fuit, cum sono distractionis, et omnes in terra cumulo confusi sunt.

Primum se collegerunt Christophorus Robinus et

[68]

Pu et Porcellus, et deinde Tigridem sustulerunt, et subter aliis omnibus erat Ior.

'O, Ior!' clamavit Christophorus Robinus, 'num laesus es?' Et satis sollicite eum tetigit, detersit et ad surgendum adiuvit.

Diu tacebat Ior. Deinde dixit: 'Tigrisne adest?'

Tigris aderat, se denuo Salibundum sentiens.

'Ita,' dixit Christophorus Robinus, 'Tigris adest.'

'Bene est; pro me ei gratias age,' dixit Ior.

V

¶ Quo in capite Lepus diem negotiosum agit,
et discimus quid Christophorus Robinus
mane agat

DIEM NEGOTIOSUM LEPORI futurum esse. Iam
experrectus se gravem senserat, velut si omnia
ipsi in manibus essent. Diem idoneum esse ad
Aliquid Ordinandum, sive ad Libellum Scribendum
A Lepore Subscriptum, sive ad speculandum quid
omnes Ceteri de Illo Sentirent. Mane aptissimum
esse ad apud Pum properandum, ad dicendum, 'Esto,
Porcellum certiorem faciam,' et tunc ad Porcellum
eundum, ad dicendum, 'Pu cogitat – sed fortasse
Bubonem primum consulere debemus.' Diem quondam Principalem esse, cum dicerent omnes, 'Ita,
Lepus' et 'Minime, Lepus', et exspectarent dum ab eo
certiores facti essent.

Domo evenit, et auram calidam matutinam vernam
odoratus est dum secum meditatur quid ageret.
Proximam esse domum Cangae, at apud Cangam esse
Rum, qui 'Ita, Lepus' et 'Minime, Lepus' dicere
soleret paene melius alio quolibet in Silva habitante.
Sed ibi nunc esse aliud animal, inusitatum et
Salibundum Tigridem; et talem Tigridem esse qui
quoquam ductus semper progrederetur, et e conspectu

[71]

esse soleret cum tandem perveniens diceres 'Hic sumus!'

'Minime, non apud Cangam,' secum dixit Lepus meditabundus, barbam in sole crispans, et, curans ne eo iret, ad sinistram conversus est, alteroque cursu tolutim abiit, Christophori Robini domum versus.

'Tandem,' dixit Lepus secum, 'Christophorus Robinus in Me nititur. Pum amat, et Porcellum et Iorem, et ego quoque, sed eis non est Cerebrum. Saltem conspicuum. Et Bubonem magni aestimat, quia magni aestimandus est qui Martis diem scribere sciat, etiam si non recte; orthographia autem tanti non est. Diebus nonnullis diem Martis scribere omnino non refert. Et Canga nimis occupata est in Ruo tuendo, et Ru junior est et Tigris salibundior est quam ut auxilio sint; nemo igitur vero est nisi Ego, si recte

[72]

contemplaris. Ibo speculatum num quid me facere velit. Dies idoneus est ad res agendas.'

Feliciter tolutim progressus est, et paulo post flumen transivit et pervenit ad locum ubi habitabant amici-et-cognati. Hodie etiam plures solito visi sunt, et cum capite adnuisset ericiis nonnullis quibus occupatior erat quam ut dextram daret, et cum 'salve, salve' aliquibus ex aliis graviter dixisset, et 'Ah, ecce vos,' benigne minoribus dixisset, ungulam eos versus trans humerum agitavit, et abiit. Talis fuit post eum commotio et nescio-quid ut multi e familia Scarabea, inter quos Henricus Carex, statim ad Silvam Centum Jugerum discederent et in arbores ascendere inciperent, sperantes se ad apicem perventuros esse antequam accideret quodcumque, ut bene viderent.

Lepus festinare perrexit prope ad marginem Silvae Centum Jugerum, se minutatim graviorem sentiens, et mox pervenit ad arborem ubi habitabat Christophorus Robinus. Ostium pulsavit, et semel et iterum exclamavit; deinde paulum regressus, ungula ut solem obumbraret levata, apici arboris acclamavit, et se revertens 'Salve!' clamavit et 'Heus!' 'Lepus loquitur!' – sed accidit nihil. Tum auscultans stetit, et omnia quoque auscultantia steterunt, et Silva solitarissima et quietissima in sole erat, donec, centum millia insuper, alauda cantare incepit.

'Malum!' dixit Lepus, 'Abest.'

Ad ostium anticum viride rediit, ut modo certior fieret, et se aversurus erat, sentiens mane plane corruptum esse, cum chartulam in terra vidit. Ibi erat acus, tamquam si de ostio deciderat.

'Ha!' dixit Lepus, nunc se denuo feliciorem sentiens. 'Libellus alter!'

Hic dixit:

APSENS
REVENTURUS
OCCIPATUS
REVENTURUS
C.R.

'Ha!' iteravit Lepus, 'ceteros certiores facere oportet.' Et graviter properans abiit.

Domus proxima erat Bubonis, et domum Bubonis in Silva Centum Jugerum sitam iter intendit. Ad ostium Bubonis pervenit, et pulsavit et traxit, et traxit et pulsavit, et tandem evenit caput Bubonis, quod dixit 'Abi, meditabar – ah, tune es?' ita enim incipere solebat.

'Bubo,' dixit Lepus abrupte, 'mihi et tibi est cerebrum. Ceteris lana est. Si hac in Silva quemvis meditari oportet, et serio meditari dico – me atque te facere oportet.'

'Ita,' dixit Bubo, 'meditatus sum.'

'Hoc lege.'

Bubo libellum Christophori Robini a Lepore captum timide aspexit. Nomen suum BBO scribere sciebat, et diem Martis ita scribere sciebat ut a die Mercurii satis discerneretur, et satis commode legere sciebat dummodo in humero ne innitereris, semper 'Quid?' dicens, et sciebat –

'Quid?' dixit Lepus.

'Ita vero,' dixit Bubo, speciem Sapientem Meditabundamque praebens. 'Intellego quid dicere vis. Sine dubio.'

'Quid?'

'Profecto,' dixit Bubo. 'Certe.' Et paulo meditatus subiunxit, 'Si tu ad me non venisses, ego ad te venissem.'

'Cur?' rogavit Lepus.

'Idcirco,' dixit Bubo, sperans aliquid utile mox eventurum esse.

'Heri mane,' dixit Lepus sollemnis, 'ivi ad Christophorum Robinum visendum. Aberat.'

'Ostio acu adfixus erat libellus!'

'Idem?'

'Alius. Sed significatio eadem erat. Mirabile est.'

'Mirum,' dixit Bubo, libellum iterum aspiciens, et paulisper paene credens ventri Christophori Robini aliquid nocuisse. 'Quid egisti?'

'Nihil.'

'Consilium optimum,' dixit Bubo sapienter.

'Quid?' iteravit Lepus, sicut Bubo praestolabatur.

'Profecto,' dixit Bubo.

Paulisper nihil pluris excogitabat, deinde aliquid ei subito in mentem venit.

'Dic mihi, Lepus, verba *ipsissima* libelli prioris. Maximi hoc refert. Omnia ex hoc pendent. Verba *ipsissima* libelli *prioris.*'

'Reapse idem erat ac ille.'

Bubo eum aspexit, et deliberavit num eum de arbore depelleret; sed, censens se id postea saltem facere posse, iterum conatus est invenire de quo loquerentur.

'Verba ipsissima, quaeso,' dixit, velut si Lepus nihil dixisset.

[76]

'Dixit modo, "Apsens Reventurus." Idem ac hic sed hic dicit quoque "Occipatus Reventurus".'

Bubo sublevatus alte suspiravit.

'Ah!' dixit Bubo. 'Nunc scimus ubinam simus.'

'Ita, sed ubi est Christophorus Robinus?' dixit Lepus. 'Haec res est.'

Bubo libellum iterum aspexit. Ei adeo docto facile erat lectu. 'Apsens, Reventurus. Occipatus, Reventurus' – verba vero a libello speranda.

'Patet quid acciderit, Lepus mi,' dixit. 'Christophorus Robinus aliquo abiit cum Reventuro. Ipse ac Reventurus coniunctim occupati sunt. Vidistine Reventurum ullum recente ubicunque in Silva?'

'Nescio,' dixit Lepus. 'Hoc rogatum veni. Qualem praebent speciem?'

'Agedum,' dixit Bubo, 'Reventurus Maculosus sive Herbescens est simpliciter –'

'Saltem,' dixit, 'magis similis est –'

'Scilicet,' dixit, 'pendet ex –'

'Agedum,' dixit Bubo, 'haec res est,' dixit, 'nescio *qualem* praebeant speciem,' dixit Bubo candide.

'Gratias tibi ago,' dixit Lepus. Et properans abiit ad Pum visendum.

Antequam procul ivit, sonitum audivit. Stetit igitur ut auscultaret. Talis erat sonitus:

SONITUS, A PUO COMPOSITUS

Volitant papiliones,
Exacti sunt hiemis dies,
Enituntur primulae.

[77]

Turtures queruntur, gemunt,
Et arborum rami fremunt,
Livent in herba violae.

Ab apibus adfixis alis
Canuntur soles temporalis,
Aestasque gaudio futura.
Gemunt vaccae propemodum,
Turturesque mugiunt,
Apricatus pipat Pu.

Nam vernum tempus vero vernat,
Alaudam cantantem cernat,
Tintinnum campanularum
Auribus imbibitur.
Et cuculus non cuculat,
Tamen cucat et ululat,
Et similiter ac avis
Pipat Pu.

'Salve, Pu,' dixit Lepus.
'Salve, Lepus,' dixit Pu somniculosus.
'Num carmen istud composuisti?'
'Quodammodo composui,' dixit Pu. 'Haud Cere-
bro,' subiunxit humiliter; 'Tu enim Causam Scis,
Lepus; sed mihi aliquando in mentem venit.'
'Ah!' dixit Lepus, qui res in mentem admittere
numquam solebat, sed semper afferebat. 'Haec res est:

vidistine ullo modo in Silva Reventurum Maculatum sive Herbescentem?'

'Minime,' dixit Pu. 'Non vidi – minime,' dixit Pu. 'Tigridem modo vidi.'

'Hoc nihil prodest.'

'Ita,' dixit Pu. 'Censebam non prodesse.'

'Vidistine Porcellum?'

'Vidi,' dixit Pu. 'Num prodest?' rogavit verecundus.

'Prodesset si quid vidit.'

'Me vidit,' dixit Pu.

Lepus in terra iuxta Pum consedit, et quia se ita valde minus gravem sentiebat, resurrexit.

'Haec summa est,' dixit. '*Quid nunc mane agit Christophorus Robinus?*'

'Quonam modo?'

'Age, potesne mihi dicere aliquid quod eum mane agere vidisti? His proximis diebus.'

'Possum,' dixit Pu. 'Heri una ientavimus. Prope ad Pinus. Canistrum confeceram,

canistrum parvum,

canistrum modo usitatum,

satis magnum, plenum –'

'Ita profecto,' dixit Lepus, 'sed serius dicere volo. Vidistine eum inter undecimam horam et meridiem?'

'Undecima hora,' dixit Pu, 'undecima hora – tum demum domum revenire soleo, quia Res Una vel Altera mihi Agenda est.'

'Vel undecima hora et quindecim?'

'At –' dixit Pu.

'Undecima hora et triginta?'

'Profecto,' dixit Pu. 'Tunc, sive paulo post – fieri potest ut eum videam.'

Et re nunc considerata, recordari incepit se Christophorum Robinum recente saepe non vidisse. Non mane. Post prandium, certe; vesperi, certe; ante ientaculum, certe; paulo post ientaculum, certe; tunc fortasse, 'Te revidebo, Pu,' et abire solebat.

'Hoc scire aveo,' dixit Lepus. 'Quo?'

'Fortasse aliquid petit.'

'Quid?' rogavit Lepus.

'Hoc dicturus eram,' dixit Pu. Et deinde subiunxit, 'Fortasse petit – petit –'

'Reventurum Maculatum sive Herbescentem?'

'Ita,' dixit Pu, 'unum ex illis. Ne non sit.'

Lepus eum severe adspexit.

'Censeo te non adiuvare,' dixit.

'Immo,' dixit Pu. 'Conor,' humile subiunxit.

Lepus ei gratias egit quia conatus esset, et dixit se iam ad Iorem visendum abiturum esse, et Pum, si vellet, comitari posse. Pu autem, sentiens subvenire alteram carminis stropham, dixit se Porcellum exspectaturum esse, valeret Lepus; itaque abiit Lepus.

Accidit autem ut Lepus Porcellum primum videret. Porcellus mane mature surrexerat, ut sibi legeret fasciculum violarum; et cum eas lectas in vase in media domo posuisset, ei repente subiit neminem fasciculum violarum Iori umquam legisse, et quo plus hoc consideravit, eo plus miserum censuit esse Animal cui fasciculus violarum numquam lectus esset. Denuo igitur properans exiit, Secum dicens, 'Iori, Violas' et tunc 'Violas, Iori,' ne oblivisceretur, quia talis dies erat, et fasciculum magnum lectum tolutim progressus est odorans, et se felicissimum sentiens, donec ad locum pervenit ubi erat Ior.

'Ior,' incepit Porcellus satis timide, quia Ior occupatus erat.

Ior ungulam extensam agitavit ut eum dimitteret.

'Cras,' dixit Ior, 'sive perendie.'

Porcellus propius accessit, ut specularetur quid esset. Ior in terra tres baculos habebat, quos aspiciebat. Duo baculi inter se contingebant extremitate una, sed non altera, et tertius in eos traiectus est. Porcellus putavit eos fortasse quasi Insidias esse.

'O Ior,' denuo incepit, 'Scire –'

'Esne Porcellulus?' dixit Ior, baculos iam sedulo aspiciens.

'Sum, Ior, atque –'

'Scisne quid sit hoc?'

'Nescio,' dixit Porcellus.

'Littera A est.'

'Oh,' dixit Porcellus.

'Haud O – A,' dixit Ior severe. 'Nonne *audis*? Num censes te eruditiorem esse Christophoro Robino?'

'Certe,' dixit Porcellus. 'Minime,' dixit celerrime. Et iam propius accessit.

'Christophorus Robinus dixit id A esse, et A est – donec aliquis ingressus erit,' subiunxit Ior severe.

Porcellus subito retro saluit, et violas odoratus est.

'Scisne quid significet A, Porcellule?'

'Minime, Ior, nescio.'

'Eruditionem significat, Educationem significat, omnia significat quae tibi Puoque desunt. Hoc significat A.'

'Oh,' iteravit Porcellus. 'Ain' tu?' explicavit celeriter.

'Tibi dico. Hanc in Silvam ventitant plerique, qui dicunt, "Ior modo est, nihili ergo est." Ultro citroque ambulant, dicentes "Ha! ha!" Num autem de A ecquid sciunt? Nesciunt. *Eis* nihil est praeter tres baculos. Doctis autem – hoc nota, Porcellule – Doctis, inter quos Pui et Porcelli non sunt, magnifica A et egregia est. Haud,' subiunxit, 'haud cuivis *afflanda*.'

Porcellus timide se recepit, et auxilium circumspectavit.

'Ecce Lepus,' dixit laetus. 'Salve, Lepus.'

Lepus graviter accessit, et Porcello capite adnutavit, et dixit, 'Ah, Ior,' ut qui duo post momenta valedicturus esset.

'Hoc volo te rogare, Ior. Quid nunc mane Christophoro Robino accidit?'

'Quid est quod aspicio?' dixit Ior, id iam aspiciens.

'Tres baculos,' dixit Lepus cito.

'Nonne vides?' Porcello dixit Ior. Ad Leporem se revertit. 'Quaerenti nunc respondebo,' dixit sollemnis.

'Gratias tibi ago,' dixit Lepus.

'Quid mane agit Christophorus Robinus? Discit. Eruditus fit. Ei scientia instillatur – hoc verbum esse credo, sed fortasse aliter significat – ei scientia instillatur. Ego quoque modulo meo, si verbo recte utor – idem ac ille ago. Istud exempli gratia, est –'

'A,' dixit Lepus, 'sed non bona. Mihi redeundum est ut ceteris dicam.'

Ior baculos, deinde Porcellum, aspexit.

'Quid dixit Lepus hoc esse?' rogavit.

'A,' dixit Porcellus.

'Nonne ei dixisti?'

'Minime, Ior, non dixi. Existimo eum ipsum scivisse.'

'Eum ipsum *scivisse*? Vis dicere hanc A esse *Lepori* notam?'

'Ita, Ior. Ingeniosus est, Lepus.'

'Ingeniosus!' dixit Ior contemptim, ungulam tribus baculis graviter imponens.

'Eruditionem!' dixit Ior amare, sex insultans baculis. 'Quidnam est Scientia?' rogavit Ior, duodecim bacillos in auram calcitrans. 'Res *Lepori* nota! Ha!'

'Censeo –' incepit Porcellus timide.

'Noli,' dixit Ior.

'Censeo violas amoeniores esse,' dixit Porcellus. Et fasciculo ante Iorem posito currens abiit.

.   .   .   .   .

Postridie mane hic erat libellus ostio Christophori Robini adfixus:

ABSENS
MOX REVENTURUS
C.R.

Qua de causa omnia animalia in Silva habitantia – scilicet, praeter Reventurum Maculosum atque Herbescentem – iam sciunt quid Christophorus Robinus mane agat.

VI

¶ Quo in capite Pu ludum novum
excogitat Iore participe

CUM AD MARGINEM Silvae pervenisset, flumen
adultum erat, adeo ut paene amnis esset, et
quia adultum erat, non currebat, saliens et
scintillans ut iunius solitum erat, sed lentius pro-
grediebatur. Nunc enim sciebat quo vaderet, et secum
dicebat, 'Properandum non est. Aliquando pervenie-
mus.' Sed omnes rivuli excelsiores in Silva hic et illic
fluebant, celeriter, acriter, ut tot res specularentur
antequam sero esset.

Semita lata erat, paene tam lata quam via, quae de
Terra Peregrina ad Silvam ducebat, sed antequam ad
Silvam pervenire poterat, hunc amnem transire
necesse erat. Itaque, ubi transiebat, erat pons
materiarius, paene tam latus quam via, materia utrimque saeptus. Christophorus Robinus mentum super
longurium summum vix ponere poterat, si volebat,
sed iucundius erat longurio imo insistere, ut longius
se inclinaret, ut amnem infra lente praeterlabentem
spectaret. Pu mentum super longurium imum ponere
poterat si volebat, sed iucundius erat procumbere
capite sub longurio, ut amnem infra lente praeterlabentem spectaret. Ita solum Porcellus Ruque amnem

spectare poterant, quia minores erant quam ut longurium imum tangerent. Procumbere igitur solebant spectantes ... et lentissime praeterlabebatur, pervenire non properans.

Die quodam, cum Pu hunc ad pontem ambularet, poema componere conabatur de conis, quia, ecce, undique iacebant, et se cantabundum sentiebat. Conum ergo collegit, quem aspexit, secum dicens, 'conus optimus hic est, quocum aliquid consonare debet'. Sed nihil excogitare poterat, et hoc repente in caput venit:

> De abiete
> Canto quiete
> Arbor est latebrae magnae
> Utrum Bubonis domus an Cangae.

'Cui ratio non est,' dixit Pu, 'quia Canga in arbore non habitat.'

Ad pontem modo pervenerat, et non spectans quo iret, aliquid pede offendit, et conus ex ungula in amnem saluit.

'Malum,' dixit Pu, dum lente sub pontem fluitabat, et rediit ut alterum conum consonabilem colligeret.

Tum tamen decrevit amnem potius spectare, quia dies tranquillus esset; procubuit igitur, et infra lente praeterlabebatur ... et subito, ecce conus quoque praeterlabens.

'Singulare est,' dixit Pu. 'Eum ultro demisi, et citro evenit! Scire aveo num iteraret?' Et rediit, plures conos adportatum.

Iteravit. Factitavit. Tunc duos simul demisit, et procubuit, ut specularetur uter primus eveniret; e quibus unus prior evenit; sed quia ambo eiusdem erant magnitudinis, nescivit utrum is esset quem vincere vellet, an alter. Deinde igitur demisit unum magnum et unum parvum, et magnus prior evenit, ut praedicaverat, et parvus ultimus, ut praedicaverat; bis igitur vicerat ... et cum domum rediit ut cenaret, sexiens et triciens vicerat, octiens et viciens victus erat, ut esset – ut fuisset – sed, si octo et viginta de sex et triginta deducis, *hoc* est quod esset. Potius quam vice versa.

Ita excogitatus est ludus qui Baculi Puenses vocatur, quem excogitavit Pu, et quo ipse ac amici in margine Silvae ludebant. Baculis autem potius quam conis ludebant, quia facilius designabantur.

Die quodam Pu Porcellusque Lepusque Ruque omnes una Baculis Puensibus ludebant. Baculos demiserant Lepore 'Agite!' dicente, et properantes pontem transiverant, et ultra marginem procumbebant, ut specularentur cuius baculus primus eveniret. Sed diu non evenit, quia amnis die illo ignavissimus erat, et flocci facere videbatur num perventurus umquam esset.

'Meum video!' vagivit Ru. 'Immo, non video, sed aliam rem. Tuumne vides, Porcelle? Credidi me meum vidisse, sed non vidi. Hic est! Immo, non est. Tuumne vides, Pu?'

'Non video,' dixit Pu.

'Calamum meum Calamitatem cepisse existimo,' dixit Ru. 'Lepus, Calamus meus calamitatem cepit. Nonne tuus cepit, Porcelle?'

'Diutiniores esse solent quam credis,' dixit Lepus.

'Quam diutinos eos futuros *credis*?' rogavit Ru.

'Tuum video, Porcelle,' dixit Pu subito.

'Meus quasi glaucus est,' dixit Porcellus, longius procumbere non audens, ne in amnem incideret.

'Ita, eum video. Ad me accedit.'

Lepus iam longius se inclinavit, suum exspectans, et Ru se torquens subsultavit, exclamans, 'Veni, bacule! bacule, bacule, bacule!' et Porcellus commotissimus est quia suus solus visus erat, quod eum vincere dixit.

'Venit!' dixit Pu.

'Tibine *persuasum* est meum esse?' stridit Porcellus commotus.

'Ita, quia glaucus est. Magnus glaucus. Hic venit! Permagnus – glaucus – Immo, non est, est Ior.'

Et fluitans evenit Ior.

'Ior!' clamaverunt omnes.

Speciem placidissimam et augustissimam praebens, evenit Ior ex infra ponte.

'Ior est!' vagivit Ru, valde commotus.

'Ain' tu?' dixit Ior, verticulo captus, ter lente volutus. 'Scire avebam.'

'Non sciebam te ludere,' dixit Ru.

'Non ludo,' dixit Ior.

'Ior, quidnam ibi *agis*?' dixit Lepus

'Ter divina, Lepus. Utrum foveas in terra fodio? Minime. An inter querculi ramos salio? Minime. An exspecto dum aliquis me ex amne emergere adiuvet? Ita vero. Satis post temporis, Lepus quod respondeat inveniet.'

'Sed Ior,' dixit Pu afflictus, 'quid possumus – dicere volo, quomodo – credisne nos, si –'

'Certe,' dixit Ior. 'Unum e consiliis illis prorsus idoneum est. Gratias tibi ago, Pu.'

'Volvitur *iterum iterumque*,' dixit Ru permotus.

'Et quidni?' dixit Ior frigide.

'Ego quoque natare scio,' dixit Ru superbe.

'Haud circuitu,' dixit Ior. 'Multo difficilius est. Hodie natare nolebam,' perrexit, lente volutus. 'Sed si demersus decerno circuitum levem meditari de dextra ad laevam – vel fortasse dicam,' subiunxit, iterum vertice captus, 'de laeva ad dextram, sicut mihi in mentem forte venit, nullius interest sed mea.'

Paulisper omnes cogitantes tacuerunt.

'Consilium quoddam cepi,' dixit Pu tandem, 'sed haud bonum existimo.'

'Ego quoque,' dixit Ior.

'Age dic, Pu,' dixit Lepus. 'Fac nos eius certiores.'

'Auscultate, si lapides et cetera in amnem cis Iorem omnes dimiserimus, undas faciant, quae eum ad ripam portent.'

'Consilium optimum est,' dixit Lepus, et Pu denuo felix visus est.

'Optimum,' dixit Ior. 'Cum me lavari desiderabo, Pu, te certiorem faciam.'

'Quod si eum errore feriamus?' dixit Porcellus sollicitus.

'Vel si eo errore aberretis,' dixit Ior. 'Considera omnia quae accidere possunt, Porcelle, antequam ad delectationem subsidatis.'

Pu autem adportaverat lapidem maximum quem portare posset, et e ponte se inclinabat, inter ungulas tenens.

'Eum haud deicio, sed sino cadere, Ior,' explicavit. 'Et te aberrare – dicere volo, ferire – nequeo. Quaeso desine paulisper volvi, quia me satis confundit?'

'Nullo modo,' dixit Ior. 'Me *iuvat* volvi.'

Lepus sentire incepit se praeesse debere.

'Agedum, Pu,' dixit, 'cum "Agite!" dicam, eum demittas. Ior, cum "Agite!" dicam, Pu lapidem demittet.'

'Gratias tibi ago, Lepus, sed haud dubito quin animadvertam.'

'Esne paratus, Pu? Porcelle, da Puo paulo plus spatii. Ru, te paulum recipe. Estisne parati?'

'Minime,' dixit Ior.

'Agite!' dixit Lepus.

Pu lapidem demisit. Magnus fuit sonitus aspersionis, et Ior evanuit . . .

Momentum fuit sollicitudinis spectantibus in ponte. Sedulo prospectaverunt . . . sed etiam videre baculum Porcelli paulo ante Leporis evenientem non eos tantum exhilaravit quantum credideris. Et tunc, cum Pu censere inciperet se lapidem malum elegisse vel amnem malum vel diem Consilio malum, aliquid glauci prope ad ripam breviter conspectum est, et lente magis magisque amplificabatur . . . et tandem Ior fuit qui emersit.

Exclamantes e ponte festinaverunt, et eum impulerunt et traxerunt; et paulo post inter eos in terra sicca denuo stabat.

'O Ior, quam madidus es!' dixit Porcellus, eum tangens.

Ior se quassavit, et rogavit aliquem ut Porcello explicaret quid accideret cum diutius intra amnem mansisses.

'Bene egisti, Pu,' dixit Lepus benigne. 'Consilium istud nostrum bonum erat.'

'Quid erat?' rogavit Ior.

'Te ita ad ripam adluisse.'

'*Adluisse?*' dixit Ior admiratus. 'Memet adluisse? Num credidisti me *adlutum* esse? Me demersi. Pu lapidem magnum mihi demisit, et ne graviter in pectore ferirer, me demersi et ad ripam navi.'

'Reapse non fecisti,' Puo susurravit Porcellus, ut eum consolaretur.

'Haud *credidi* me fecisse,' dixit Pu sollicitus.

'Hoc Ioris modo est,' dixit Porcellus. 'Egomet consilium tuum optimum censui.'

Pu se commodiorem sentire incepit, quia cum Ursus es Perpauli Cerebri, qui Res Excogitas, invenis interdum Rem quae intra caput Realissima visa erit, valde aliam esse cum sub divo emergat, ceterorum sub oculis. Praeterea tamen, Iorem in amne *fuisse*, et nunc ibi *non* esse; se nulli ergo nocuisse.

[94]

'Quomodo incidisti, Ior?' rogavit Lepus, dum eum Porcelli sudario abstergit.

'Non incidi,' dixit Ior.

'Sed quomodo –'

'SALTUS sum,' dixit Ior.

'Eia,' dixit Ru commotus. 'Nonne aliquis te impulit?'

'Aliquis me SALUIT. Iuxta amnem meditabar – meditabar, si quis vestrum verbum comprehendit, cum SALTUM TUMULTUOSUM accepi.'

'O, Ior!' dixerunt omnes.

'Tibine persuasum est te non illapsum esse?' rogavit Lepus sapienter.

'Illapsus scilicet sum. Si in ripa lubrica amnis insistis, et aliquis te a tergo tumultuose SALUERIT, illaberis. Quid me fecisse credidisti?'

'Sed quis fecit?' rogavit Ru.

Ior non respondit.

'Tigridem fuisse existimo,' dixit Porcellus timidus.

'Sed Ior,' dixit Pu. 'Utrum Iocus fuit, an Casus? Volo dicere –'

'Haud moratus sum ut rogarem, Pu. Etiam in imo amne non moratus sum ut mecum dicerem, "Utrum hic Iocus Vehemens est, an Casus Simplicissimus?" Ad superficiem modo fluitavi, et mecum dixi, "Madidum est." Si comprehendis.'

'Et ubi erat Tigris?' rogavit Lepus.

Antequam Ior respondit, magnus fuit post eos sonitus, et per saepem venit ipse Tigris.

'Salvete, omnes,' dixit Tigris hilaris.

'Salve, Tigris,' dixit Ru.

Lepus repente gravissimus factus est.

'Tigris,' dixit sollemnis. 'Quid modo accidit?'

'Quando modo?' dixit Tigris incommodior.

'Cum Iorem in amnem saluisti.'

'Minime eum salui.'

'Me saluisti,' dixit Ior aspere.

'Non re vera. Tussivi, et forte post Iorem stabam, et dixi "Grrrr-oppp-ptschschschz."'

'Cur?' dixit Lepus, Porcellum ad surgendum adiuvans et detergens. 'Bene habet, Porcelle.'

'Necopinanti mihi supervenit,' dixit Porcellus timidus.

'Hoc salire voco,' dixit Ior. 'Alicui necopinanti supervenire. Morem molestissimum. Tigridem in Silva esse nihil moror,' subiunxit, 'quia magna est Silva, et satis est spatii ad saliendum. Non autem video cur in angulum meum saltum veniat; angulo meo nihil miri est. Alicui scilicet quem iuvent partes frigidae, madidae, foedae, tamquam singularior est, sed praeterea modo angulus est, et si quis se salibundum sentiat –'

[96]

'Haud salui, tussivi,' dixit Tigris acerbe.

'Salibundum tussibundumve, imo in amne idem est.'

'Esto,' dixit Lepus, 'nihil dicere possum nisi – esto, ecce Christophorus Robinus, qui id dicere poterit.'

Christophorus Robinus de Silva ad pontem devenit, se apricum et securum sentiens, tamquam si bis un-deviginti nihil referret, quod post meridiem die tam felici verum erat, et cogitavit, si longurio imo pontis insistens se proclinaret, et amnem infra lente praeter-labentem spectaret, se subito omnia scienda sciturum esse, quae Puo dicere posset, qui de rebus quibusdam vix certus esset. Sed cum ad pontem pervenisset et omnia animalia ibi vidisset, scivit tale tempus non esse, sed alterius generis, quo aliquid *agere* velis.

'Res ita est, Christophore Robine,' incepit Lepus. 'Tigris –'

'Minime, non feci,' dixit Tigris.

'Esto, ibi eram,' dixit Ior.

'Credo eum non consulto fecisse,' dixit Pu.

'Modo salibundus est,' dixit Porcellus, 'et aliter agere non potest.'

'Memet salire conare, Tigris,' dixit Ru acer.

'Ior, Tigris *mecum* conabitur. Porcelle, nonne credis –'

'Ita, ita,' dixit Lepus. 'Non est omnibus simul loquendum. Res in id discrimen adducta est: quid de eo omni sentiat Christophorus Robinus?'

'Nihil feci praeter tussivi,' dixit Tigris.

'Saluit,' dixit Ior.

'Esto, tamquam tussalui,' dixit Tigris.

'Tacete!' dixit Lepus, ungulam sustinens. 'Quid de eo omni sentit Christophorus Robinus? Haec res est.'

'Agedum,' dixit Christophorus Robinus, non omnino certus qua de re ageretur, 'Existimo –'

'Quid?' dixerunt omnes.

'Existimo nobis omnibus Baculis Puensibus ludendum esse.'

Ita ergo fecerunt, et Ior, qui numquam antea luserat, saepius quolibet alio vicit; et Ru bis incidit, primum casu, deinde consulto, quia repente viderat Cangam de Silva evenientem, et scivit sibi tamen cubitum ire necesse esse. Tunc Lepus dixit se eos

comitaturum esse; et Tigris et Ior coniunctim
abierunt, quia Ior volebat Tigridi dicere quomodo
Baculis Puensibus vinceres, baculo quasi vellicanter
demittendo, si comprehendis, Tigris; et Christophorus Robinus et Pu et Porcellus soli in ponte relicti
sunt.

Diu amnem infra tacentes spectaverunt, et amnis
quoque tacuit, quia se tacitum et tranquillissimum
sentiebat hodie post meridiem tempestate aestiva.

'Tigris *reapse* bonus est,' dixit Porcellus ignavus.

'Est scilicet,' dixit Christophorus Robinus.

'Omnes *reapse* boni sunt,' dixit Pu. 'Hoc est quod egomet credo,' dixit Pu. 'Sed dubito num recte credam,' dixit.

'Recte scilicet,' dixit Christophorus Robinus.

VII

¶ Quo in capite Tigris exsilitur

DIE QUODAM LEPUS et Porcellus extra ostium anticum Pui sedebant, Leporem auscultantes, et Pu cum eis sedebat. Post meridiem erat die aestivo somniculoso, et Silva plena erat sonitis mollibus, qui omnes Puo dicere videbantur, 'Leporem noli auscultare, sed me.' Itaque se commodiorem fecit, quominus Leporem auscultaret, et interdum oculos aperiebat ut diceret 'Ah!' et denuo claudebat ut diceret 'Verum est,' et interdum Lepus serio dicebat, 'Vides quid dicere velim, Porcelle,' et Porcellus capite acriter nutavit, ut se videre monstraret.

'Re vera,' dixit Lepus, finem tandem facturus, 'Tigris nunc tam Salibundus fit ut nobis tempus sit ei documentum dare. Nonne hoc credis, Porcelle?'

Porcellus dixit Tigridem vero Salibundissimum esse, et si modum eius exsiliendi excogitare possent, Consilium Optimum fore.

'Ita vero sentio,' dixit Lepus. 'Quid dicis, Pu?'

Pu oculos subito aperuit et dixit, 'Nimis.'

'Nimis quid?' rogavit Lepus.

'Ut dixisti,' dixit Pu. 'Sine dubito.'

Porcellus Pum ut expergeret fodicavit, et Pu, qui

[101]

se magis magisque alibi esse sentiebat, lente surrexit
et seipsum prospectare coepit.

'Sed quomodo efficiemus?' rogavit Porcellus. 'Quale
documentum, Lepus?'

'Haec res est,' dixit Lepus.

'Quantum proderit ei documentum dare, cum
litteras nesciat?' dixit Pu.

'Pu,' dixit Porcellus aspere, 'num verba Leporis
auscultavisti?'

'Auscultavi, sed frustulum lanae mihi fuit in aure.
Eadem itera, sis, Lepus.'

Lepori semper placebat verba iterare, et rogavit
unde inciperet, et cum Pu dixisset ex quo tempore
lana aurem intravisset, et Lepus rogavisset quando
esset, et Pu dixisset se ignorare quia non bene
audivisset, Porcellus omnia statuit dicendo se conari

[102]

modum excogitare Tigridis exsiliendi, quia quantum-
libet eum amares, haud negare posses, eum reapse
salire solere.

'Ah, comprehendo,' dixit Pu.

'Ille nimius est,' dixit Lepus. 'Haec summa est.'

Pu cogitare conatus est, et quod ei in mentem
venit nihil proderat. Secum ergo quietissime susurravit:

Vae Lepori parvo saltu Tigridis salibundi
Is nimium vehemens miserum madefecit asellum;
O nos felices si quis mitiget salientem.

'Quid dicebat Pu?' rogavit Lepus. 'Quidquam
profuit?'

'Minime,' dixit Pu tristis, 'nihil profuit.'

'Esto, consilium cepi,' dixit Lepus, 'et hoc est.
Tigridem longius exploratum ducamus, aliquo ubi
numquam fuit, et eum ibi amittamus, et postridie
mane eum iterum inveniamus, et – verbis intendite –
Tigris sane alius erit.'

'Quare?' dixit Pu.

'Quia Tigris Humilis erit. Quia Tigris Tristis erit,
Tigris Maestus, Tigris Parvus Miserque, Tigris O-
Lepus-quam-laetus-sum-te-revidens. Hac de causa.'

'Nonne me Porcellumque revidens laetus erit?'

'Scilicet.'

'Bonum est,' dixit Pu.

'Nollem Tristis esse pergeret,' dixit Porcellus dubie.

'Tigrides Tristes esse pergere non solent,' explicavit
Lepus. 'Velocitate Admirabili refeliciscunt. Bubonem
rogavi, ut certior fierem, et dixit eo modo eos refelici-

scere solere. Sed si Tigridem modo duodecimam partem horae se Parvum Tristemque sentire facere potuerimus, bene egerimus.'

'Christophorusne Robinus consentiret?' rogavit Procellus.

'Consentiret,' dixit Lepus. 'Diceret, "Bene egisti, Porcelle. Hoc ipse fecissem, sed forte aliud faciebam. Gratias tibi ago, Porcelle." Puo scilicet quoque.'

Porcellus propter hoc se hilarissimum sensit, et statim vidit id quod de Tigride facturi essent agendum esse, et quia Pu et Lepus eum comitarentur, Tale esse de quali etiam Minimum Animal mane experrectum se commodum actu sentiret. Dubium unicum ergo esse, ubi Tigridem amitterent?

'Eum ad Polum Septentrionalem ducemus,' dixit Lepus, 'quia exploratus longissimus fuit ad Polum inveniendum, itaque exploratus longissimus Tigridi erit ad inde reveniendum.'

Iam Pu se hilarissimum vice sentiebat, quia ille esset qui primum Polum Septentrionalem repperisset, et cum ibi pervenissent, Tigris tabulam videret in qua scriptum esset, 'Repperit Pu, Pu invenit,' et Tigris disceret, quod fortasse ignoraret, qualis ursus esset Pu. *Talis* quidem ursus.

Statutum ergo est ut postridie mane proficiscerentur, et Lepus, qui prope ad Cangam Rumque ac Tigridem habitabat, nunc rediret ut Tigridem rogaret quid postridie acturus esset, quia si nihil ageret, exploratum veniret, Puo Porcelloque invitatu comitantibus. Et si Tigris consentiret, bene haberet, et si nollet –

'Non nolet,' dixit Lepus. 'Mihi credite.' Et negotiose abiit.

Postridie dies quam dissimilis erat; non erat calidus et apricus, sed frigidus et caliginosus. Pu sua causa flocci non faciebat, sed cum cogitaret de tanto mellis ab apibus non faciendo, die frigido et caliginoso, earum misereri solebat. Hoc Porcello dixit cum eum petitum venisset, et Porcellus negavit se de hoc cogitare, sed quam frigidum et miserum foret per totum diem et totam noctem summa in Silva errare. Cum autem ipse ac Pu domum Leporis pervenissent, Lepus dixit diem eis prorsus idoneum esse, quia Tigris omnibus praesalire soleret, et simul ac e conspectu fuisset, se aliorsum raptim discessuros, nec eum umquam revisurum esse.

'Haud nunquam?' dixit Porcellus.

'Saltem donec eum iterum inveniemus, Porcelle. Cras, seu quandocumque inveniemus. Venite. Nos exspectat.'

Cum domum Cangae pervenissent, invenerunt Rum quoque exspectantem, qui amicus ex animo Tigridis esset, quod Molestum erat, sed Lepus susurravit 'mihi credite' post ungulam, et ad Cangam accessit.

'Censeo Ruo non comitandum esse,' dixit, 'haud hodie.'

'Quidni?' dixit Ru, qui auscultare non debuit.

'Diem frigidum foedumque,' dixit Lepus, caput quatiens, 'et hodie mane tussiebas.'

'Quomodo hoc scis?' rogavit Ru irate.

'O Ru, mihi non dixisti,' dixit Canga castigans.

'Tussis fuit micaria,' dixit Ru, 'non vero dicenda.'

'Censeo haud hodie, carissime. Die alio.'

'Cras?' dixit Ru speranter.

'Hoc spectabimus,' dixit Canga.

'Spectare soles, nec quicquam umquam accidit,' dixit Ru tristis.

'Die tali nemo spectare potest, Ru,' dixit Lepus. 'Nos procul progressuros esse haud spero, et post meridiem nos omnes – omnes – ah, Tigris, ecce tu. Veni. Vale, Ru! Post meridiem omnes – veni, Pu! Omnesne parati? Bene habet. Venite.'

Profecti ergo sunt. Primum Pu et Lepus et Porcellus coniunctim ambulabant, et Tigris eos circulis circumcurrebat, et deinde, semita contracta, Lepus, Porcellus et Pu singuli deinceps ambulabant, et Tigris eos rectangulis circumcurrebat, et paulo post, ulice utrimque spinosissimo, Tigris ante eos ultro citroque currebat, et iam in Leporem saluit, iam non saluit. Et quanto excelsius progrediebantur, tanto caligo ita concrescebat ut Tigris evanescere soleret, et tum, cum eum abesse crederes, ecce aderat, dicens, 'Agite, venite,' et priusquam aliquid diceres, ecce aberat.

Lepus se vertens Porcellus fodicavit.

'Occasione proxima,' dixit. 'Dic Puo.'

'Occasione proxima,' Puo dixit Porcellus.

'Qua proxima?' Porcello dixit Pu.

Tigris repente apparuit, in Leporem saluit, iterum evanuit. 'Agite!' dixit Lepus. In cavum iuxta semitam insiluit, et Pu et Porcellus secuti sunt. In filice auscultantes subsederunt. Silva tranquillissima erat

cum auscultans stares. Nihil videre nec audire poterant.

'Tace!' dixit Lepus.

'Taceo,' dixit Pu.

Crepitus datus est ... tunc denuo silentium.

'Salvete!' dixit Tigris, et tam propinquus repente sonavit ut Porcellus subsultavisset nisi Pu casu ei in maiori parte insideret.

'Ubi estis?' clamavit Tigris.

Lepus Pum fodicavit, et Pu Porcellum petivit ut fodicaret, sed eum invenire nequivit, et Porcellus filicem madidam quam tacitissime spirare perrexit, et se fortissimum et commotissimum sensit.

'Hoc est mirabile,' dixit Tigris.

Paulisper tacuerunt, et eum crepitu abeuntem audiverunt. Paulisper iam exspectaverunt, donec Silva adeo tacebatur ut paene eos terreret, et tunc Lepus surrexit et se extendit.

'Itan'?' superbe susurravit. 'Hic sumus! Perinde ac dixi.'

'Meditatus sum,' dixit Pu, 'et censeo –'

'Minime,' dixit Lepus. 'Noli, sis. Curre. Veni.' Et omnes properantes abierunt, Lepore duce.

'Tandem,' dixit Lepus, cum paulum progressi essent, 'loqui possumus. Quid dicturus eras, Pu?'

'Nihil momenti. Cur hac via procedimus?'

'Quia domum ducit.'

'Ah!' dixit Pu.

'Credo nobis magis ad dextram eundum,' dixit Porcellus timide. 'Quid censes, Pu?'

Pu ungulam utramque adspexit. Sciebat unam dextram esse, et sciebat cum utra dextra esset

statuisses, alteram sinistram esse, sed numquam recordari poterat quomodo inciperet.

'Age,' lente dixit.

'Venite,' dixit Lepus. 'Pro certo habeo hanc viam esse.'

Processerunt. Post sextam horae partem iterum constiterunt.

'Stultissimum est,' dixit Lepus, 'sed nunc modo – Ah, scilicet. Venite' . . .

'Hic sumus,' dixit Lepus post sextam horae partem. 'Immo, non sumus.' . . .

'Agedum,' dixit Lepus post sextam horae partem. 'Censeo nos appropinq – sed fortasse longius progressi sumus ad dextram quam credidi?' . . .

'Mirabile est,' dixit Lepus post sextam horae partem, 'omnia caligine quam eadem videntur. Nonne hoc animadvertisti, Pu?'

Pu dixit se animadvertisse.

'Fortunatum est nos Silvam tam bene novisse; aliter erraremus,' dixit Lepus post semihoram, et edidit risum securum quem edis cum Silvam tam bene noveris ut errare non possis.

Porcellus se insinuans ad Pum a tergo accessit.

'Pu!' susurravit.

'Quid est, Porcelle?'

'Nihil,' dixit Porcellus, ungulam Pui prehendens.
'Modo tui certus fieri desideravi.'

．　　　．　　　．　　　．　　　．

Cum Tigris desiisset exspectare dum ceteri se
adsequerentur, et adsecuti non essent, et cum defessus
esset non habendo cui 'agite, venite' diceret, decrevit
domum ire. Tolutim ergo rediit, et prima verba
Cangae cum eum vidit, erant, 'Bonus Tigris es. In
tempore es Remedio Confirmanti,' quod ei effudit. Ru
dixit superbe, 'Meum *sumpsi*,' et Tigris suum devoravit
et dixit, 'Ego quoque,' et tunc ipse ac Ru inter se
benevole impulerunt, et Tigris fortuito unam vel
alteram casu stravit sellam, et Ru fortuito unam
consulto stravit, et Canga dixit, 'Agitedum, pro-
currite.'

'Quonam procurramus?' rogavit Ru.

'Ite ad conos mihi colligendos,' dixit Canga,
canistrum eis dans.

Itaque ad Sex Pinus ierunt, et conis inter se
coniecerunt, donec obliti erant cur venissent, et
canistro sub arboribus relicto cenatum redierunt.
Cum cenam iam conficerent Christophorus Robinus
caput intra limen inseruit.

'Ubi est Pu?' rogavit.

'Tigris carissime, ubi est Pu?' dixit Canga. Tigris
explicavit quid accidisset simul atque Ru explicabat
de Tussicula Micaria. Canga eos imperabat ne ambo
simul loquerentur; itaque aliquamdiu Christophorus
Robinus non opinatus est Pum Porcellumque
Leporemque omnes in caligine in summa Silva errare.

'Hoc singulare est de Tigridibus,' Ruo susurravit
Tigris, 'quod Tigrides *numquam* errant.'

'Quidni, Tigris?'

'Modo non errant,' explicavit Tigris. 'Ita res se
habet.'

'Esto,' dixit Christophorus Robinus, 'ad eos inveniendos ire debemus, haec summa est. Veni, Tigris.'

'Ad eos inveniendos ire debeo,' Ruo explicavit
Tigris.

'Licetne ego quoque inveniam?' rogavit Ru acer.

'Censeo hodie non licere, carissime,' dixit Canga.
'Die alio.'

[111]

'Esto, si cras errabunt, licebitne inveniam?'

'Hoc spectabimus,' dixit Canga, et Ru, qui sciebat quid *illud* significaret, in angulum iit et in seipsum exsilire meditatus est, partim quia hoc meditari volebat, et partim quia Christophorum Robinum Tigridemque nolebat credere se multi facere cum sine se abirent.

.   .   .   .   .

'Re vera,' dixit Lepus, 'nescio quomodo de via erravimus.'

Quietem capiebant in arenariola summa in Silva sita. Pu arenariola illa satis defatiscebatur, quam suspicebatur eos sequi, quia quocumque profecti erant, semper ibi adveniebant, et semper cum per caliginem in conspectum daretur, Lepus elatus dixit, 'Nunc scio ubi simus!' et Pu triste dixit, 'Ego quoque,' et Porcellus tacuit. Aliquid quod diceret excogitare conatus erat, sed nihil excogitavit praeter 'Succurrite, succurrite!' quod stultum dictu visum est Puo Leporeque comitibus.

'Agitedum,' dixit Lepus longum post silentium in quo nemo ei gratias egit propter ambulationem amoenam quam faciebant, 'existimo nobis progrediendum esse. Quam viam experiemur?'

'Nonne proderit,' dixit Pu lente, 'si ut primum e conspectu fuerimus huius arenariae eam iterum invenire conabimur?'

'Quid hoc proderit?' dixit Lepus.

'Res ita est,' dixit Pu. 'Domum frustra quaeritamus; putabam ergo, si hanc quaereremus Arenariam, nos certe inventuros non esse, quod Res Bona foret, quia deinde fortasse inveniremus aliquid quod non peteremus, quod fortasse esset prorsus quod reapse peteremus.'

'Consilium tuum sapiens vix videtur,' dixit Lepus.

'Ita,' dixit Pu humilis, 'non est. In principio tamen sapiens futurum erat. Aliquid modo ei obiter accidit.'

'Si hac Arenaria abscedam et deinde huc redeam *certe* inveniam.'

'Ego putabam te fortasse inventurum non esse,' dixit Pu. 'Hoc modo putabam.'

'Experire,' dixit Porcellus subito. 'Te hic exspectabimus.'

Lepus risum edidit, ut monstraret quam stultus esset Porcellus, et in caliginem ambulavit. Postquam centum passus progressus est, se revertens rediit ... et postquam Pu et Porcellus tertiam horae partem exspectaverant, Pu surrexit.

'Hoc modo putabam,' dixit Pu. 'Agedum, Porcelle, domum eamus.'

'Sed Pu,' vagivit Porcellus commotius, 'num viam scis?'

'Nescio,' dixit Pu. 'Sed in armario meo sunt duodecim vasa mellis, quae mihi per horas clamaverunt. Antea non bene audiebam, quia Lepus loqui perstabat, sed si nemo loquatur praeter duodecim vasa, *credo*, Porcelle, me sciturum esse unde clament. Veni.'

Coniunctim abscesserunt; et diu Porcellus tacebat, ne vasa interpellaret; et tunc repente edidit stridorem

[113]

... et eia ... quia nunc scire incipiebat ubi esset; sed hoc clara voce dicere non ausus est, fortasse enim non esset. Et tum, cum adeo certus fieret ut non referret utrum vasa clamare pergerent necne clamor ante eos factus est, et e caligine venit Christophorus Robinus.

'Ah, ecce vos,' dixit Christophorus Robinus quasi neglegenter, dissimulans se Sollicitum fuisse.

'Ecce nos,' dixit Pu.

'Ubi est Lepus?'

'Nescio,' dixit Pu.

'Ah – bene, existimo Tigridem eum inventurum esse. Vos omnes quasi quaerit.

'Esto,' dixit Pu, 'oportet me aliquam ob rem domum ire, et Porcellum quoque, quia iam non sumpsimus, et –'

'Spectatum veniam,' dixit Christophorus Robinus.

Ergo cum Puo domum iit, et eum diutius spectabat

... et dum spectat, Tigris per Silvam cursitabat, Leporis quaerendi causa latrans. Et tandem Lepus Minimus Miserrimusque eum audivit. Et Lepus Parvus Miserque per caliginem sonitum versus festinavit, qui subito Tigris factus est; Tigris Benevolus, Tigris Magnificus, Tigris Magnus et Utilis, Tigris qui si quidem salire solebat, saltibus pulchris uti solebat sicut Tigridis est.

'O Tigris, quam laetus sum te revidens,' clamavit Lepus.

VIII

¶ Quo in capite Porcellus
rem egregiam agit

MEDIO DOMUS PUI atque Porcelli erat Locus Meditabundus ubi interdum conveniebant cum inter se visere decrevissent, et quia calidus erat et a vento tutus, ibi paulisper considebant ut deliberarent quid, inter se iam visi agerent. Die quodam cum decrevissent nihil agere, Pu stropham de eo composuit, ut omnes scirent quomodo loco utendum esset.

> Puo est locus hic calidus in sole et apricus
> Quo deliberet quid sibi iam sit agendum;
> Heus! excidit urso locum esse quoque Porcello.

Mane autem quodam autumnali, cum ventus noctu omnia folia arboribus deripuerat, et ramos deripere conabatur, Pu et Porcellus in Loco Meditabundo deliberantes sedebant.

'Egomet hoc censeo,' dixit Pu, 'censeo nos ad Angulum Puensem ad Iorem visendum ire debere, quia fieri potest ut domus sua a vento strata sit, et fortasse eam renovemus velit.'

'Egomet hoc censeo,' dixit Porcellus, 'censeo nobis

[116]

ad Christophorum Robinum visendum eundum esse; sed aberit, ergo non poterimus.'

'Eamus ad *omnes* visendos,' dixit Pu. 'Quia cum milia ambulavisti in vento passuum et domum subito intravisti alicuius, qui dicit, "Salve, Pu, in tempore es buccellae," et re vera es, Dies est quem Benignum voco.'

Porcellus credebat se Causa egere ad omnes visendos eundi, seu Pauxilli quaerendi causa seu Expotitionis Ordinandae, si Pu aliquid excogitare posset.

Pu poterat.

'Eamus quia Dies Iovis est,' dixit, 'et eamus ut omnibus Felicissimum Iovis diem ominemur. Veni Porcelle.'

Surrexerunt; et cum Porcellus iterum consedisset, quia nesciebat ventum tam fortem esse et a Puo ad surgendum adiuvatus esset, profecti sunt. Ad domum Pui primum ierunt, et fortuito Pu domi aderat cum advenissent, et eos rogavit ut intrarent, et aliquid sumpserunt, et ad domum Cangae iter perrexerunt,

inter se tenentes et clamantes, 'Nonne est?' et 'Quid?' et 'Non audio.' Cum ad domum Cangae advenerint, adeo tunsi erant ut prandii causa manerent. Primum foris postea frigidius visum est, et quam celerrime ad domum Leporis institerunt.

'Venimus ut Felicissimum tibi ominemur Iovis Diem,' dixit Pu, cum semel et iterum intravisset et exivisset, ut certus fieret se exire posse.

'Quare, quid Die Iovis accidet?' rogavit Lepus, et cum Pu explicavisset, et Lepus, cui vita e Rebus Gravibus constabat, dixisset, 'Ah, credidi te aliquam ob rem venisse,' paulisper sedebant ... et paulo post Pu et Porcellus iter perrexerunt. Vento iam a tergo, clamare non oportuit.

'Lepus ingeniosus est,' dixit Pu meditabundus.

'Ita,' dixit Porcellus, 'Lepus ingeniosus est.'

'Et ei Cerebrum est.'

'Ita,' dixit Porcellus, 'Lepori est Cerebrum.'

Diu tacebatur.

'Existimo,' dixit Pu, 'hoc esse cur nihil umquam comprehendat.'

Christophorus Robinus iam domi erat, quia post meridiem erat, et adeo laetus fuit eis revidendis ut ibi commorati sint paenissime ad cenam, et deinde Paenissimam sumpserunt Cenam, cuius postea oblivisceris, et ad Angulum Puensem properaverunt, ut Iorem viserent antequam serius esset quam ut apud Bubonem Cenam Veram sumerent.

'Salve, Ior,' exclamaverunt hilares.

'Ah!' dixit Ior. 'Nonne via erravistis?'

'Venimus modo te visum,' dixit Porcellus. 'Et

speculatum ut valeat domus tua. Aspice, Pu, iam constat!'

'Hoc scio,' dixit Ior. 'Singularissimum est. Aliquid devenire debuit ut eam sterneret.'

'Scire volebamus num ventus eam sterneret,' dixit Pu.

'Ah, hoc est, ut opinor, cur nemo id curaverit. Credidi eos fortasse oblitos esse.'

'Esto, laetissimi sumus te revidendo, Ior, et nunc procedimus ad Bubonem visendum.'

'Recte agitis. Bubo vos iuvabit. Abhinc diem unum vel alterum praetervolans me animadvertit. Nihil reapse dixit, si mihi credis, sed me esse novit. Eum Benignissimum censui. Animum mihi addidit.'

Pu et Porcellus paulum sollicitati sunt, et 'vale, Ior' quam cunctabundissime dixerunt, sed iter longum eis perficiendum erat, quo proficisci volebant.

'Valete,' dixit Ior. 'Cave ne vento auferaris, Porcellule. Desiderareris. Diceret aliquis, "Quonam Porcellulus vento ablatus est?" scire vero cupiens. Bene valete. Et gratias vobis ago quia forte praeterivistis.'

'Vale,' postremo dixerunt Pu et Porcellus, et iter domum Bubonis perrexerunt.

Ventus nunc contra eos flabat, et Porcelli aures

sicut vexilla

dum progredi nitebatur, et horae praeterire visae sunt donec eiscum ad umbram Silvae Centum Jugerum pervenit, ubi denuo recte steterunt, ut auscultarent, satis timide, procellam in cacuminibus arborum frementem.

'Quid si arbor decidat, Pu, nobis subeuntibus?'

'Quid si non decidat,' dixit Pu, diligenter meditatus.

Porcellus hoc adlevatus est, et paulo post hilarissime ostium Bubonis pulsabant et sonabant.

'Salve, Bubo,' dixit Pu. 'Spero nos non sero esse ut – volo dicere, ut vales, Bubo? Ego et Porcellus venimus modo speculatum ut valeas, quia Dies Iovis est.'

'Conside, Pu, conside, Porcelle,' dixit Bubo benigne. 'Corpora curate.'

Gratiis ei actis, quam maxime corpora curaverunt.

'Si enim comprehendis, Bubo,' dixit Pu, 'properavimus, ut simus in tempore – ut te videamus antequam abierimus.'

Bubo capite sollemniter nutavit.

'Si erro, corrigendus sum,' dixit, 'sed opinor foris esse diem Turbulentissimum. Nonne recte?'

'Recte, turbulentissimum,' dixit Porcellus, qui

aures placide fovebat dum domi tutus iterum esse desiderat.

'Ita opinatus sum,' dixit Bubo. 'Tali vero die turbulento, avunculus meus Robertus, cuius imaginem ad murum ad dextram vides, Porcelle, dum paulo ante meridiem rediebat de – Quid est?'

Fragor magnus fuit.

'Cave!' clamavit Pu. 'Cave horologium! De via decede, Porcelle! Porcelle, tibi incido!'

'Succurrite!' clamavit Porcellus.

Latus camerae ubi erat Pu lente excelsius vertebatur, et sella sua super sellam Porcelli delabebatur. Horologium secundum tabulam leniter praeterlapsum est, vasa obiter colligens, donec omnia coniunctim strepitu

[122]

ruerunt in id, quod olim solum fuerat, sed nunc periclitabatur qualem praeberet pro muro speciem. Avunculus Robertus, stragulo novo focali futurus, et qui reliquum murum pro tapetibus adferebat, sellae Porcelli Porcello relicturo obviam venit, et paulisper difficillimum factum est recordari ubi esset septentrio. Tunc fragor alter magnus fuit ... camera Bubonis se sollicite collegit ... et silentium fuit.

In angulo camerae linteum

torqueri coepit.

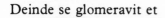

Deinde se glomeravit et

trans cameram se versavit.

Tum semel vel iterum subsultavit,

et duas protrusit aures. Trans cameram denuo se versavit, et se evolvit.

'Pu,' dixit Porcellus timide.

'Quid est?' dixit una e sellis.

'Ubinam sumus?'

'Incertus sum,' dixit sella.

'Nonne-nonne domi Bubonis sumus?'

'Credo ita esse, quia modo cenaturi eramus, quod non feceramus.'

'Ah!' dixit Porcellus. 'Age dic, num Buboni in tecto semper fuit cista epistolaris?'

'Itane vero?'

'Ita, aspice.'

'Nequeo,' dixit Pu. 'Subter aliquo pronus sum, male positus, Porcelle mi, ad tecta spectanda.'

'Esto, ei est, Pu.'

'Eam fortasse transtulit,' dixit Pu. 'Translationis modo gratia.'

Post mensam in altero camerae angulo fuit tumultus, et Bubo denuo adfuit.

'Ah, Porcelle,' dixit Bubo, specie iratissima; 'ubi est Pu?'

'Incertior sum,' dixit Pu.

Voce Pui Bubo se revertit, frontem contrahens in tantum Pui quantum videre poterat.

'Pu,' dixit Bubo severe. 'Tune hoc fecisti?'

'Minime,' dixit Pu humilis. 'Haud *credo* me fecisse.'

[124]

'Quis ergo fecit?'

'Credo ventum fecisse,' dixit Porcellus. 'Credo domum tuam vento stratam esse.'

'Ah, itan'? Credidi Pum fecisse.'

'Minime,' dixit Pu.

'Si ventus fecit,' dixit Bubo, rem considerans, culpa non fuit Pui. Nulla culpa in eum conferenda est.' Quibus verbis benignis dictis tectum novum spectatum subvolavit.

'Porcelle!' clamavit Pu susurro claro.

Porcellus se inclinavit.

'Quid est, Pu?'

'Quam rem mihi conferendam esse dixit?'

'Nullam culpam.'

'Ah! Credidi eum dicere velle – Ah, comprehendo.'

'Bubo,' dixit Porcellus, 'descende ut Pum adiuves.'

Bubo, qui cistam epistolarem admirabatur, devolavit. Sellam coniunctim impulerunt et traxerunt, et paulo post Pu emersit, et iterum circumspicere poterat.

'Ei!' dixit Bubo. 'Qualem rerum statum!'

'Quid agamus, Pu? Potesne aliquid excogitare?' rogavit Porcellus.

'Aliquid recente excogitavi,' dixit Pu. 'Aliquantulum erat quod excogitavi.' Et cantare incepit:

Pronus iacens simulo vespertinam habere quietem,
Cubans et in ventre frustra susurrare conatus,
Ore in solo strato petauristarum in modum;
Ursum nefas est mitem prosternere sella,
Nares compressae incommodant et urso,
Contusis nimium colloque oreque auribusque.

'Nihil est aliud,' dixit Pu.

Bubo quasi sine admiratione tussivit, et dixit si Pu *certe* sciret nihil esse aliud, se animos ad Effugiendi Quaestionem intendere posse.

'Quia,' dixit Bubo, 'exire non possumus per quod erat ostium anticum. Aliquid super cecidit.'

'Sed quomodo aliter exire potes?' rogavit Porcellus sollicitus.

'Haec Quaestio est, Porcelle, ad quam Pum rogo ut animum intendat.'

Pu consedit in solo quod olim muro fuerat, suspiciens tectum quod olim altero muro fuerat, ubi erat ostium anticum quod olim ostio antico fuerat, et animum intendere conatus est.

'Potesne ad cistam epistolarem cum Porcello in tergo subvolare?'

'Nullo modo,' dixit Porcellus celeriter. 'Non potest.'

Bubo de Musculis Dorsualibus Necessariis explicavit. Hoc Puo et Christophoro Robino olim antea explicaverat, et ex eo tempore exspectabat donec iterare posset, quia facile bis explicare potes antequam ullus sciat de quo loquaris.

'Quia si comprehendis, Bubo, si Porcellum in cistam epistolarem inseramus, fieri potest ut se per foramen insinuet ubi adveniunt epistolae, ut arbore descendat et currat ad auxilium petendum.'

Porcellus dixit propere se recente maiorem crevisse, nec ullo modo posse, quamquam vellet, et Bubo dixit se cistam epistolarem nuper amplificandam curavisse, si forte epistolas ampliores acciperet, et Porcellum igitur fortasse *posse*, et Porcellus dixit, 'Sed negasti nescio-quae necessaria posse,' et Bubo dixit, 'Ita est, non poterunt, ergo nihil prodest de hoc cogitare,' et Porcellus dixit, 'Itaque praestat aliud excogitare,' quod statim facere coepit.

Sed animus Pui regressus erat ad diem cum Porcellum ex inundatione servavisset, et omnes eum adeo admirati essent; quod, cum non saepe accideret, decrevit se iterari velle. Et subito, ut antea, consilium ei occurrit.

'Bubo,' dixit Pu, 'aliquid excogitavi.'

'Ursum Callidum Utilemque,' dixit Bubo.

Pu magnificus visus est quod ursus calidus utilisque vocatus esset, et dixit verecunde se id forte excogitavisse. Linea Porcello adligata, ad cistam epistolarem tibi subvolandum esse extremam lineam rostro tenenti, et lineam in cistam insertam ad solum deducendam esse, et tibi et Puo summa vi hic trahendum esse, ut Porcellus illuc lente ascenderet. Et eccere.

'Et ecce Porcellus,' inquit Bubo, 'nisi linea rupta erit.'

'Quod si rupta erit?' rogavit Porcellus, scire volens. 'Linea alia utemur.'

Porcello parum fuit solacii, quia quotquot lineis trahere periclitarentur, semper idem foret qui descenderet; hoc tamen unicum faciendum visum esset. Mente ergo semel retrospexit horas quot felices in Silva egisset cum non ad tectum linea traheretur, et Puo capite fortiter adnutans dixit id Co-co-consilium ingeniosissimum-sissimum esse.

'Non dirumpetur,' susurravit Pu adlevans, 'quia Minimum es Animal, et subter stabo, et si nos omnes servaveris, Egregium erit postea narrandum, et fortasse Carmen componam, ut dicant, 'Rem tam egregiam egit Porcellus ut Carmen Puense Reverens inde compositum esset!'

Post hoc Porcellus valde confirmatus est, et omnibus paratis, cum se lente ad tectum ascendentem inveniret, tam magnificus fuit ut exclamavisset 'Memet aspice!' nisi timuisset ne Pu et Bubo extremam lineam dimitterent ut eum aspicerent.

'Ecce ascendimus!' dixit Pu hilaris.

'Secundum spem ascenditur,' dixit Bubo auxiliariter. Mox confectum est. Porcellus in cistam epistolarem apertam intravit. Tunc, nodo soluto, se in foramen premere incepit, per quod quondam, cum ostia antica antica reapse fuissent, inlapsae erant crebrae epistolae inopinatae quas BBO ad seipsum scripserat. Se pressit prssitque, et ultimo prssu tandem emersit. Felix atque inspiratus se revertit ut verba extrema captivis strideret.

'Bene habet,' per cistam clamavit. 'Arbor tua, Bubo, a vento tota strata est, ramo trans ostium iacente, sed ego ac Christophorus Robinus eum amovere poterimus, et funem Puo adferemus, et nunc ibo eum certiorem factum, et facilius descendere potero, dicere volo, periculosum est sed efficere potero, et ego ac Christophorus Robinus semihora reveniemus. Vale, Pu!' Non audivit responsum Pui 'Vale, et gratias tibi ago, Porcelle,' sed abiit.

'Semihora,' dixit Bubo, commode subsidens. 'Satis modo temporis ut finem faciam fabulae quam narrabam de avunculo Roberto – cuius imaginem sub te vides. Ubinam eram? Ita. Die tali turbulento Avunculus meus Robertus –'

Pu oculos clausit.

IX

Pᴜ ɪɴ sɪʟᴠᴀᴍ Centum Jugerum vagatus stabat prope quod domus Bubonis olim fuerat. Quod speciem domus nunc omnino non praebebat; speciem praebebat arboris a vento stratae; quam speciem ut primum praebet domus, tempus est alteram reperire conari. Pu Nuncium Ocultum sub ostio antico mane acceperat, quod dicerat, 'DOMUS NOVA PRO BUBONE MIHI PETTENDA TIBI QUOQUE LEPUS,' et dum quid significaret demiratur, Lepus intraverat et ei legerat.

'Exemplar ceteris omnibus relinquo, et eis dico quid significet, ut omnes quoque petant. Festino, vale.' Et currens abierat.

Pu lente secutus est. Aliquid melioris ei agendum erat quam ut domum novam pro Bubone reperiret; Carmen Puense domo priore componendum erat. Porcello enim abhinc dies permultos pollicitus erat se id compositurum, et cum ipse ac Porcellus postea convenerant, Porcellus nihil reapse dicebat, sed statim planum erat cur taceret, et si quis mentionem fecerat Susurrorum, sive Arborum, sive Lineae, sive Procellarum Nocturnarum, nasus Porcelli ad apicem

[131]

rubescere solebat, et de rebus valde aliis quasi praeci-
pitanter loquebatur.

'Haud tamen Facile est,' dixit Pu secum, spectans
id quod olim Domus Bubonis fuerat. 'Poesis enim
susurrique haud capiendi sunt; sed potius *te* capere

solent. Nihil potes nisi eo ire ubi te invenire
poterunt.'

Speranter exspectabat . . .

'Esto,' dixit Pu, cum diutius exspectavisset.
'Incipiam "*En arbor hic iacet*", quia iacet, et videbo
quid accidat.'

Ecce quod accidit:

En arbor hic iacet avi Buboni dilecta,
Olim quae fuerat domo cum staret recta.
Cum amico loquebatur
(cui nomen meum datur)
Mirum factum quod narratur.

Ecce ventus turbulentus
Arborem dilectam stravit;
Utrique nostrum omen dirum –
Ambobus mi discrimen mirum –
Nil Porcellus desperavit.

Porco venit hoc in mentem:
'Adfer funem macrescentem,
Aut crassam fer lineam.'
Porcellum ad cistam sublevantes
Pu Buboque anhelant.

Quo veniunt epistolae
(Vocant 'EPISTOLIS SOLUM')
Porcellus nunc insinuat
Caput et digitos.

Porcellum fortem! Porce, io!
Fuitne tremor? Fuit nullus;
Fortior sus non est ullus,
Qui per EPISTOLIS SOLUM
Paulatim tunc enisus est,
A me Porcellus visus est.

Vi maxima cucurrit; tum
Morans clamavit 'Subveni
Avi Buboni et Ursulo!'

En per silvam properantes
Cari nostri adiuvantes
Captivis subvenerunt.

'Succurrite! 'nos fac salvos!' clamavit Porcellus.
Ipse viam monstrat adiuturis amicis.
Ostio sine mora patefacto exivimus ambo.
Io, Porcelle! Porce, io!
Io!

'Hoc ergo est,' dixit Pu, cum secum ter cantavisset.
'Aliter evenit quam sperabam, sed evenit. Nunc ire
debeo Porcello cantatum.'

.   .   .   .   .

DOMUS NOVA PRO BUBONE MIHI PET-
TENDA TIBI QUOQUE LEPUS.
'Quid est hoc?' dixit Ior.
Lepus explicavit.
'Quid damno est ei de domo priore?'
Lepus explicavit.
'Nemo me certiorem facit,' dixit Ior. 'Nemo mihi
Indicium profitetur. Die Veneris proximo, ut credo,
nunc diem duodevicensimum nemo mecum locutus
est.'
'Certe dies duodevicensimus non est –'
'Die Veneris proximo,' explicavit Ior.
'Hodie autem Saturni est,' dixit Lepus. 'Undecimus
igitur sit dies. Abhinc hebdomada ipse adfui.'
'Haud colloquendi causa,' dixit Ior. 'Haud in vices.
"Salve" dixisti, et Emicans praetercurristi. Caudam

[134]

centum passus abesse adverso colle vidi dum responsum considerabam. Considerabam quid responderem, sed illo tempore sero fuit.'

'Agedum, festinabam.'

'Nihil datum neque acceptum est,' perrexit Ior. 'Deest Sententiarum Permutatio. "*Salve – Quid*" – dicere volo, nihil efficit, praesertim si cauda alterius altera parte colloquii vix in conspectu est.'

'Tua culpa est, Ior. Neminem nostrum umquam visum venisti. In hoc Silvae angulo modo manes, qui exspectas dum ceteri ad *te* veniant. Quare ad *eos* interdum non is?'

Ior cogitans paulisper tacuit.

'Haud scio an recte dicas, Lepus,' dixit tandem. 'Vobis defui. Debeo magis deambulare. Ultro citroque cursitandum est.'

'Bene habet, Ior. Cuilibet nostrum quandolibet incide, ut cupiveris.'

'Gratias tibi ago, Lepus. Et si quis Magna Voce dicat, "Malum, Ior est," excidere potero.'

Lepus paulisper uno crure stetit.

'Esto,' dixit, 'abire debeo. Hodie occupatior sum.'

'Vale,' dixit Ior.

'Quid? Ah, vale. Et si forte domum Buboni idoneam incideris, nos certiores facere debebis.'

'Animum huic adhibebo,' dixit Ior.

Lepus abiit.

.   .   .   .   .

Pu Porcellum invenerat, et coniunctim ad Silvam Centum Jugerum redambulabant.

[135]

'Porcelle,' dixit Pu verecundior, postquam paulum silentio ambulaverant.

'Quid est, Pu?'

'Nonne recordaris me dixisse Carmen Puense Reverens de Re Tibi Cognita fortasse compositum iri?'

'Veron', Pu?' dixit Porcellus, naso aliquantulum rubescente. 'Ah, credo te dixisse.'

'Compositum est, Porcelle.'

Porcellus usque ad aures rubuit.

'Itane, Pu?' rogavit voce rauca.
'De – De – Tempore Illo Cum? – Dicis reapse compositum?'

'Ita, Porcelle.'

Extremae Porcelli aures subito luxerunt, et aliquid dicere conatus est; sed etiam cum semel atque iterum raucuisset verba nulla edita sunt. Pu igitur perrexit:

'Septem sunt strophae.'

'Septem?' dixit Porcellus quam neglegentissime. 'Num *septem* saepe sunt Susurro strophae?'

'Numquam,' dixit Pu. 'Haud scio an hoc adhuc incognitum sit.'

'Ceterine adhuc certiores facti sunt?' rogavit Porcellus, paulisper consistens ut baculum captum abiceret.

'Minime,' dixit Pu. 'Scire avebam utrum me nunc susurrare malles an exspectare donec ceteros invenissemus, ut vobis omnibus susurrarem?'

Porcellus paulisper cogitavit.

'Cogito quod malim esse, Pu, malim te mihi *nunc* susurrare et *deinde* nobis omnibus susurres. Ita enim

Omnes id audirent, sed egomet dicere possem, "Ah, hoc scio, Pu me certiorem fecit," et me auscultare dissimulare.'

Itaque Pu carmen ei susurravit, omnes septem strophas, et Porcellus nihil dixit, sed lucens stabat. Nemo enim umquam antea cantaverat io Porcelle, Porce, io pro ipso solo. Cum confectum esset, volebat petere ut una ex strophis iteraretur, sed eum tamquam pudebat facere. Initium huius strophae erat 'Porcellum fortem,' quod sapientissimum carminis initium ei videbatur.

'Hocne omne vero egi?' dixit tandem.

'In poese,' dixit Pu, 'in poese – egisti, Porcelle, egisti, quia carmen te egisse dicit. Ita certiores fiunt.'

'Ah,' dixit Porcellus. 'Quia – credidi tremorem levem mihi fuisse. Initio modo. Et dicit "Fuitne tremor? Fuit nullus.' Ecce quare rogavi.'

'*Tibi soli* tremuisti,' dixit Pu, 'Et hic est modus omnino fortissimus quo Animal Minimum non tremat.'

Porcellus felicitate suspiravit, et de seipso cogitabat. Esset FORTIS ...

Cum domum priorem Bubonis advenirent, ceteros ibi invenerunt praeter Iorem. Christophorus Robinus eis dicebat quid faciendum esset et Lepus idem confestim eis dicebat, si forte non audivissent, et deinde faciebant. Fune adportato sellas Bubonis et imagines et cetera domo priore trahebant ut parati essent in novam ferre. Canga subter erat quae res adligabat, et Buboni exclamabat, 'Num opus tibi iam erit panniculo hoc spurco? Et quid de hoc tapete, totum contritum

[137]

est,' et Bubo clamans irate respondebat, 'Immo, opus erit! Oportet modo supellectilem apte disponi, nec pannus est, sed amiculum.' Interdum Ru incidebat et fune cum re proxima revehebatur, quod Cangam agitabat, quae numquam sciret ubi petendus esset. Buboni igitur irata dixit domum dedecori esse, humidam sordidamque, cui tempus maximum esset ruere. Foedam aspiciat fungi massam ex angulo excrescentem! Bubo igitur huius rei inscius despexit paulum mirans et breviter acerbe risit, et explicavit

hanc spongiam esse, et si spongiam balneariam usitatam visam non cognoscerent, res in summas angustias adduci. '*Mehercle!*' dixit Canga, et Ru celeriter incidit, vagiens 'spongiam Bubonis *me oportet* videre! Ah, eccam! O Bubo! Spongia non est, sed fungia! Scisne quid sit fungia, Bubo? Est cum spongia fit –' et Canga dixit celerrime 'Ru carissime!' quia hoc *non* est quomodo adloquendus sit qui DIEM MARTIS scribere sciat.

Sed omnes feliciores erant cum advenirent Pu et Porcellus, et laborare desierunt ut paulisper caperent quietem et Pui carmen novum auscultarent. Tunc Puo dixerunt omnes quam esset bonum, et Porcellus dixit neglegenter 'Bonum est, veron? Ut carmen, dicere volo.'

'Quid de domo nova?' rogavit Pu. 'Eamne repperisti, Bubo?'

'Nomen repperit,' dixit Christophorus Robinus, herbam otiose rodens. Nihil ergo deest praeter domum.'

'Eam ita nomino,' dixit Bubo graviter, et eis

monstravit quod fecerat. Tabula fuit quadrata in qua nomen domus pictum erat:

BBONEUM

Hoc puncto, omnibus mirantibus, venit aliquid per arbores, quod in Bubonem offendit. Tabula in solum incidit, et Porcellus et Ru se inclinaverunt.

'Ah, es tu,' dixit Bubo irate.

'Salve, Ior!' dixit Lepus. 'Ecce tu! Ubi fuisti?'

Ior eos aspernatus est.

'Salve, Christophore Robine,' dixit, Pum Porcellumque excutiens, et in BBONEUM considens.

'Sumusne sine auditoribus?'

'Sumus,' dixit Christophorus Robinus, secum subridens.

'Certior factus sum – in angulo meo Silvae nuntiatum est – parti humida ad dextram sita et a nullo desiderata – quendam domum petere. Domum ei repperi.'

'Ah, bene egisti,' dixit Lepus benigne.

Ior se lente revertens eum aspexit, et tunc ad Christophorum Robinum se revertit.

'Aliquid nobis supervenit,' susurro claro dixit. 'Sed non refert. Id relinquere poterimus. Si me comitaberis, Christophore Robine, domum tibi monstrabo.'

Christophorus Robinus saltu surrexit.

'Veni, Pu,' dixit.

'Veni, Tigris!' vagivit Ru.

'Eamus, Bubo?' dixit Lepus.

'Paulisper exspectate,' dixit Bubo, capiens tabulam, modo in conspectum redditam.

Ior ungula eos prohibuit.

'Ego ac Christophorus Robinus Ambulatiunculam faciemus,' dixit. 'Haud Pulsationem. Si Pum Porcellumque secum ducere volet, societate gaudebo, sed Spirare oportet.'

'Bene habet,' dixit Lepus, quem satis iuvabat alicui rei praeesse. 'Res extrahere pergemus. Age, Tigris, ubi est funis? Quid rei est, Bubo?'

Bubo, qui nuper invenerat domui novae esse nomen LITURA, Iori severe tussivit, sed nihil dixit, et Ior, cum maxima parte BBONEI post tergum, cum amicis abscessit.

Paulo igitur postea pervenerunt ad domum ab Iore repertam. Dum iam appropinquant, Porcellus Pum fodicabat, et Pu Porcellum fodicabat, et inter se dicebant 'Est!' et 'Num est?' et 'Vero est!'

Et cum ibi pervenissent, vero erat.

'Ecce!' dixit Ior sibi praefidens, eos extra Porcelli domum sistens. 'Cum nomine, et ceteris rebus!'

'Ah!' exclamavit Christophorus Robinus, demirans utrum rideret an quid ageret.

'Domus commoda Buboni. Nonne existimas, Porcellule?'

Et tunc egit Porcellus Rem Praeclaram, quam fecit quasi somnio dum cogitat de verbis tot mirabilibus quae Pu de eo susurraverat.

'Ita, vero, domus commoda est Buboni,' dixit magnifice. 'Et spero eum ibi felicissimum fore.' Et deinde bis singultavit, quia ipse ibi felicissimus fuerat.

'Quid cogitas, Christophore Robine?' rogavit Ior sollicite, sentiens rem non omnino se bene habere.

Christophoro Robino erat aliquid primum rogandum, et demirabatur quomodo rogaret.

'Age,' dixit tandem, 'domus amoenissima est. Et si domus tua a vento strata est, oportet alibi ire, veron, Porcelle? Quid agas, si domus tua a vento strata sit?'

Antequam Porcellus cogitaret, Pu pro eo respondit.

'Veniat mecum habitatum,' dixit Pu. 'Veron, Porcelle?'

Porcellus ungulam pressit.

'Gratias tibi ago, Pu,' dixit. 'Gaudeam.'

X

¶ Quo in capite Christophorus Robinus et Pu
ad locum praecantatum adveniunt
et eos ibi relinquimus

CHRISTOPHORUS ROBINUS ABITURUS erat. Nemo
sciebat cur abiturus esset; nemo sciebat quo
iturus esset; nemo quidem sciebat quare sciret
Christophorum Robinum abiturum esse. Sed nescio
quomodo omnes in Silva habitantes existimabant id
tandem accidere. Etiam Perpauxillulissimus, amicus-
et-cognatus Leporis qui credebat se olim pedem
Christophori Robini vidisse, sed incertus erat quia
fortasse rem aliam vidisset, etiam P.P.X.L.S.M.S.
secum dixit Res Aliter fore; et Serus Maturusque,
duo alii amici-et-cognati, inter se dixerunt, 'Quid ergo,
Sere?' et 'Quid ergo, Mature?' tam desperanter ut
nihil prodesse videretur responsum exspectare.

Die quodam cum existimaret se diutius exspectare
nequire, Lepus Nuntium excerebravit, quod hoc erat:

'Nuntium omnium conventus conveniet Domum
Apud Angulum Puensem Aedificatam ad Conchylium
capiendum Iussu Meo Laevam Tenete A Lepore
Subscriptum.'

Hoc bis terve scribere oportuit donec conchylium
speciem praeberet quam ab initio scribendi speraverat;

[144]

sed confectum tandem omnibus apportatum recitavit. Et omnes dixerunt se venturos esse.

'Mehercle,' dixit Ior post meridiem, cum omnes domum suam ambulantes videret, 'hoc vero Improvisum est. Num egomet quoque invitatus sum?'

'Noli Iorem animadvertere,' Puo susurravit Lepus. 'Eum hodie mane certiorem feci.'

Omnes Iori dixerunt 'Ut vales?' et Ior negavit se valere, saltem conspicue, et tunc consederunt, et ut primum sederunt, Lepus resurrexit.

'Scimus omnes cur adsimus,' dixit, 'sed amicum meum Iorem rogavi –'

'De Me agitur,' dixit Ior. 'Magnificum est.'

'Eum rogavi ut Conchylium ferat.' Et iterum consedit. 'Agedum, Ior,' dixit.

'Noli me Festinare,' dixit Ior, lente surgens. 'Noli mihi Agedum dicere.' Chartulam post aurem captam explicuit. 'Nemo scit quicquam huius rei,' perrexit. 'Hoc Improvisum est.' Graviter tussivit, et rursus

incepit: 'O Quaelibet, antequam incipio, vel potius dicam, antequam desino, mihi est Poema vobis recitandum. Hactenus – hactenus – verbum longum quod significat – esto, confestim videbitis quid significet – hactenus, ut dicebam, omnis Poesis in Silva audita composita est a Puo, Urso More Iucundo, sed Inopia Cerebri Certe Terribili. Poema quod vobis recitaturus sum compositum est ab Iore, vel a Me, Tempore Tranquillo. Si quis dulce Ruo subtrahet, et Bubonem expergefaciet, poterimus omnes carmine delectari. Id voco – POEMA.'

Hoc fuit:

> Christophorus Robinus
>   abiturus est.
> Hoc saltem credo.
> Quo?
> Nemo scit.
> Sed abiturus est –
> Dico, abit
> (*Consonat cum 'scit'*)
> Cui damno?
> (*Consonat cum 'quo'*)

Nobis
Valde
(*Non est quod cum 'credo'*
   consonet. Malum.)
(*Nunc non est quod cum malo*
   consonet. Malum.)
(*Utrumque malum cum*
   altero consonet. Novum
   malum apparet.
   Consonet cum
   'Consonet'.)
Arduius opinione,
Opus renovatione
(*Optime*)
Desitu facilius.
Christophore Robine, vale,
Tuo cum amico
Dico (*Bene*) –
Tuis cum amicimus
Dicimus –
(*Hoc quam inhabile,*
   aberritat.)
Plurimam denique
Salutem
FINIS.

'Si quis plaudere velit,' dixit Ior hoc recitato,
tempus iam idoneum est.'

Plauserunt omnes.

'Gratias vobis ago,' dixit Ior. 'Improvisum et
gratum, etsi tamquam implausum.'

[147]

'Valde melius meo est,'
dixit Pu admiratus, qui hoc
vero credidit.

Pu

BBO

Porcellus

eOR

'Esto,' explicavit Ior verecunde,
'in animo habui ut ita esset.'

'Conchylium,' dixit Lepus,
'est id ab omnibus subscriptum
ad Christophorum Robinum
adferre.'

Lepus

Canga

Subscriptum igitur est PU, BBO, PORCELUS, EOR, LEPUS, CANGA,

MACULA

LITURA

et omnes id domum Christophori Robini adtulerunt.

[149]

quo cogitare nolebant. Circumstantes igitur exspectabant dum loqueretur aliquis, et inter se fodicabant, dicentes 'Agedum,' et paulatim Ior ad frontem fodicando impulsus est, ceteris post eum congregatis.

'Quid rei est, Ior?' rogavit Christophorus Robinus.

Ior caudam ultro citroque quassavit, animi augendi causa, et incepit.

'Christophore Robine,' dixit, 'venimus ut dicamus – ut tibi demus – vocatum est – compositum est ab – sed nos omnes – quia audivimus – dicam, omnes scimus – si comprehendis, est – nos – tu – denique, hoc, ne plura dicam, est quod est.' In ceteros irate se obvertit, et dixit, 'Hac in Silva omnes adeo congregari solent. Deest Spatium. Gregem animalium incommode Patuliorem numquam antea vidi. Nonne videtis Christophorum Robinum solum esse velle? Abeo.' Et morose abiit.

Ceteri, causae incerti, furtim se subducebant, et cum Christophorus Robinus POEMA perlegisset, et suspiceret ut diceret 'Gratias ago,' Pu solus superfuit.

'Hoc solacio cuidam est possidenti,' dixit Christophorus Robinus, chartulam complicatam in vestem inserens. 'Veni, Pu,' et celeriter discessit.

'Quo imus?' dixit Pu, eum sequi properans, et scire avens utrum Exploratus foret an Quid-agam-de-re-tibi-cognita.

'Nusquam,' dixit Christophorus Robinus.

Illuc ergo profecti sunt, et cum paulum ambulavissent Christophorus Robinus dixit:

'Quid omnium agere te maxime iuvat, Pu?'

'Quod –' dixit Pu, 'quod me maxime iuvat –' et ei intermittendum erat ut cogitaret. Quia quamquam Mel *esse* optimum esset, temporis erat punctum antequam inciperes quod melius esset quam esse ipsum, sed nescivit quomodo hoc explicaret. Et tunc cogitavit se cum Christophoro Robino esse optimum esse, et benignissimum esse Porcellum propinquum habere; ideo, toto excogitato, dixit, 'Quod omnium agere me maxime iuvat est me ac Porcellum ire te visum,' et te dicere, 'Quid de buccella?' et Me dicere, 'Bene, buccellam non recusarem, et tu Porcelle,' et diem susurrum foris esse, avibus cantantibus.'

'Me quoque hoc iuvat,' dixit Christophorus Robinus, 'sed quod *agere* me maxime iuvat est Nihil.'

'Quomodo Nihil agis?' rogavit Pu, diu demiratus.

'Est cum tibi abeunti ut nihil agas exclamant, "Quid acturus es, Christophore Robine?" et dicis, "Ah, Nihil," et abis ut hoc ipsum agas.'

'Ah, comprehendo,' dixit Pu.

'Quod nunc agimus quasi Nihil est.'

'Ah, comprehendo,' iteravit Pu.

'Significat modo deambulare, omnia inaudibilia auscultantes, nec vexari.'

'Ah!' dixit Pu.

Deambulare perrexerunt, de Hoc atque Illo cogitantes, et tandem pervenerunt ad locum praecantatum summa in Silva situm, cui nomen est Sinus Valliculae, ubi sexaginta pluresque arbores circulo crescunt; et Christophorus Robinus pro certo habebat locum praecantatum esse, quia nemo umquam percensere potuisset utrum essent tres an quattuor et sexaginta, etiam linea cuique arbori numeratae adligata. Quia

locus praecantatus erat, eius solum soli Silvae dissimile erat, neque ulice neque filice neque erica, sed

herba densa, tranquilla, levi, viridi tectum. Locus unicus erat Silvae ubi ita neglegenter considere poteras ut non statim surgeres ut locum alium peteres.

Ibi sedentes videbant totam terrarum orbem usque ad caelum patentem, et quodcumque in mundo universo erat eiscum in Sinu Valliculae erat.

Christophorus Robinus Pum aliquibus de rebus certiorem repente faciebat: de hominibus Regibus et Reginis vocatis et de rebus vocatis Numeris Dividentibus, et de loco Nomine Europa, et de insula in medio mari sita ubi naves non pervenirent et quomodo Antliam Hydraulicam construeres (si velles), et quando Equites in ordinem reciperentur, et quid e

Brasilia adferetur. Et Pu, tergo contra unam e quot-et-sexaginta arboribus, et ungulis ante se compressis, dixit 'Ah!' et 'Ignoro,' et cogitavit quam esset magnificum Verum habere Cerebrum quod Res tibi diceret. Et tandem Christophorus Robinus finem rerum fecit, et tacebat et ibi sedebat mundum oculis perlustrans, et optabat finem non esse.

Sed Pu quoque cogitabat, et Christophoro Robino repente dixit:

'Nonne Praeclarissimum est, esse Aquitano, ut dixisti?'

'Cui?' dixit Christophorus Robinus somniculose, aliud auscultans.

'In equo vehenti,' explicavit Pu.

'Equiti?'

'Ah, hocne erat?' dixit Pu. 'Credidi hoc esse – Estne tam Praeclarus quam Rex et Numeri Dividentes et cetera omnia de quibus locutus es?'

'Non est tam praeclarus quam Rex,' dixit Christophorus Robinus, et tunc, quia Pu spe depulsus esse videbatur, celeriter subiunxit, 'sed praeclarior est Numeris Dividentibus.'

'Num Ursus id fieri potest?'

'Scilicet potest!' dixit Christophorus Robinus. 'Te dignitate decorabo.' Et baculo capto Pui humerum tetigit, et dixit, 'Surge, Domine Pu Urse Ursine, omnium Equitum Fidissime.'

Pu ergo surrexit et consedit et dixit 'Gratias tibi ago,' quod ursum Equestri dignitate decoratum dicere decet, et in somnium rediit; ipse enim ac Dominus Antlia et Dominus Brasilia et Numeri Dividentes cum

equo cohabitarent, et Equites fidi essent (omnes praeter Numeros Dividentes, qui equum curarent) Regi Pio Christophoro Robino . . . et interdum caput quassabat, et secum dicebat, 'Errore quodam fallor.' Tunc cogitabat de omnibus quae Christophorus Robinus ei dicere vellet cum rediisset de quocumque iret, et quantum turbaret Ursum Perpauli Cerebri in animo omnia regere conari. 'Fortasse igitur,' secum triste dixit, 'Christophorus Robinus mihi plura non dicet,' et scire avebat num Fidum esse Equitem significaret fidum esse pergere sed non rerum certiorem fieri.

Tunc subito Christophorus Robinus, qui mento in manibus iam mundum intuebatur, exclamavit 'Pu!'

'Quid?' dixit Pu.

'Cum fuero – cum – Pu!'

'Quid, Christophore Robine?'

'Numquam posthac nihil agam.'

'Haud umquam?'

'Saltem, haud tam saepe. Mihi non licebit.'

Pu exspectabat dum pergeret, sed iterum tacebat.

'Quid ergo, Christophore Robine?' dixit Pu auxiliariter.

'Pu, cum – tute scis – cum *non* nihil agam, huc interdum ascende, sis.'

'Ego Solus?'

'Ita, Pu.'

'Nonne quoque aderis?'

'Ita, Pu. Re vera adero. *Polliceor* me adfore, Pu.'

'Bonum est,' dixit Pu.

'Pu, *pollicere* te mei numquam obliturum esse. Etiam cum centum annos natus ero.'

Pu paulisper cogitavit.

'Quot annos natus tunc egomet ero?'

'Novem et nonaginta.'

Pu capite nutavit.

'Polliceor,' dixit.

Mundum iam intuens Christophorus Robinus manum porrexit et ungulam Pui temptavit.

'Pu,' dixit Christophorus Robinus serius, 'si non – si non fuero – omnino –' desiit et iterum conatus est. 'Pu, *quodcumque* acciderit, *nonne* intelleges?'

'Quid intellegam?'

'O, nihil.' Ridens saltu surrexit. 'Veni!'

'Quo?' dixit Pu.
'Quolibet,' dixit Christophorus Robinus.

.   .   .   .   .

Coniunctim ergo abierunt. Sed quocumque ibunt, et quodcumque eis obiter accidet, hoc in loco praecantato summa in Silva sito puellus et Ursus suus semper ludent.